Mademoiselle de Mustelle et ses amies

Pierre du Bourdel

Mademoiselle de Mustelle et ses amies

Préface de Pascal Pia

FRANCE LOISIRS
123, boulevard de Grenelle, Paris

Édition du Club France Loisirs, Paris
avec l'autorisation des Éditions Ramsay
et Jean-Jacques Pauvert

ISBN 2-7442-5118-0

PRÉFACE

L'édition des œuvres complètes d'un auteur n'est jamais complète quand ce n'est pas une édition posthume. Un auteur, surtout s'il est apprécié – et il faut qu'il le soit pour qu'un éditeur se charge d'en recueillir et d'en republier tous les écrits –, exclut généralement des honneurs de la réimpression de certains de ses anciens ouvrages : soit qu'il les tienne désormais pour médiocres, soit qu'il y exprimait des convictions qu'il a perdues, ou encore parce qu'il ne veut pas que soient incorporés à l'ensemble de sa production des textes de commande, rédigés en hâte pour gagner quelques sous.

Gilbert Sigaux, à qui incomba le soin de réunir en vingt-cinq volumes toutes les

œuvres de Mac Orlan, reconnaît loyalement, dans la préface du dernier tome, qu'il n'a pu y faire entrer maintes pages parues autrefois dans des périodiques, ni force préfaces données par charité à des ouvrages sans importance ou à des catalogues d'expositions de peinture. Ajoutons que Mac Orlan lui-même, dont la mort ne survint que peu avant la sortie de son tome XXV, avait décidé que seraient écartés de ses « œuvres complètes » la prose et les vers publiés jadis par lui sous son vrai nom, Pierre Dumarchey, ou sous d'autres pseudonymes que le pseudonyme écossais qu'il a rendu célèbre et que la postérité retiendra.

Les rappels de son adolescence sont si nombreux dans les livres de Mac Orlan qu'il n'est pas indispensable d'avoir lu de bout en bout les vingt-cinq volumes colligés par Sigaux pour savoir que la fin de cette adolescence s'écoula en des lieux très divers : Rouen, la Sicile, les confins de la Belgique et de la Hollande zélandaise.

En ce temps-là, c'est-à-dire au début du siècle, Mac Orlan, qui vivotait de besognes incertaines, espérait trouver son gagne-pain dans l'aquarelle, la gouache et le dessin. N'allez pas en conclure qu'il s'était décou-

vert une vocation d'artiste – il semble bien qu'il ait été pénétré alors d'un sentiment de complète disponibilité –, mais il avait apparemment des dispositions pour le dessin, d'où les tentatives qu'il fit pour intéresser à ses compositions quelques marchands d'estampes et quelques directeurs d'hebdomadaires illustrés. L'insuccès de ces démarches explique dans une certaine mesure qu'ait presque complètement disparu l'œuvre graphique du Mac Orlan inconnu de 1902-1904. Ce que l'on sait d'elle ou ce qu'on en peut imaginer provient des illustrations, en noir et en couleurs, que Mac Orlan dessina en 1904, probablement durant le séjour qu'il fit cette année-là à Knokke, pour le roman qu'un de ses amis normands, nommé Robert Duquesne, allait publier en 1905 et qui a pour titre Monsieur Homais voyage.

Les images en couleurs que cet ouvrage contient hors texte s'apparentent à celles qui ornaient souvent, à Paris, à Chantilly et ailleurs, les pubs *fréquentés par des Britanniques. C'est qu'elles ne présentent nullement les déformations caricaturales que devait se permettre Mac dans les petits croquis destinés à saupoudrer les contes*

humoristiques qu'à partir de 1910 il réussit à placer dans des journaux.

Officiellement, l'entrée de Mac Orlan dans le domaine des lettres remonte donc aux approches de sa trentième année. Auparavant, son pseudonyme n'avait signé que des images. Dans La Petite cloche de Sorbonne, *évoquant le temps qu'il passa en 1903 à Rouen, où il fut correcteur dans une imprimerie de presse, il dit : « Ma présence au milieu des linotypes n'annonçait pas mon arrivée dans la société des écrivains. Si je suis devenu un membre de la corporation, c'est bien en désespoir de cause, de choc en choc et d'enthousiasmes à peu près clandestins en enthousiasme que, tout d'abord, j'eus le désir de traduire en utilisant la gouache et l'huile, comme beaucoup d'autres. »*

Sur ses débuts d'auteur, Mac Orlan s'est toujours montré fort discret. Peut-être n'en avait-il gardé que peu de souvenirs. Il est cependant difficile de croire qu'il les eût vraiment oubliés. Pour notre part, nous inclinons à penser que quelque ancien traumatisme affectif l'a fait se détourner du personnage inquiet et ballotté que laissent deviner les trous de sa biographie. Mac

Orlan écrivain n'est apparu, avons-nous dit, que vers 1910. En réalité, ce nouvel auteur en relayait un autre, qui avait déjà publié six ou sept ouvrages, dont cinq au moins signés Pierre Dumarchey.

Deux de ces ouvrages ne figurent dans aucune grande bibliothèque publique, aucune bibliographie ne les recense et les exécuteurs testamentaires de Mac n'en ont découvert aucun exemplaire chez lui après sa mort. L'un, probablement en prose, s'intitulerait Les Cartons et les Chiffes et le Scarabée bleu ; *mais nous ne citons ce titre qu'au conditionnel, car il n'est pas impossible que la mention qui en fut faite en 1909 dans une liste d'ouvrages « du même auteur » comporte une faute typographique et qu'il faille* Chiffres *au lieu de* Chiffes. *Tout ce que nous savons de ces cartons et chiffes ou chiffres, associés à un scarabée, c'est qu'en 1909 le tirage en était déjà épuisé (il n'avait pas dû être très important). A quelle date l'avait-on fait ? Probablement, entre 1905 et 1908, peu avant ou peu après l'impression d'une plaquette de poèmes, introuvable elle aussi,* La Clef des tours, *plaquette à laquelle André Salmon fait allusion dans ses* Souvenirs

sans fin, *mais en déformant involontairement le titre. Évoquant les relations amicales que Mac Orlan et lui avaient nouées de bonne heure à Montmartre, Salmon écrit de son compagnon de jeunesse : « Il était le poète des* Clés de la tour, *et même il ne tarderait pas à me demander, curieusement, de lui dessiner la couverture de cette plaquette, lui qu'on connaissait dessinateur plein de verve. »*

Disparus les Cartons ; *disparue la* Clef des tours, *il ne reste de Pierre Dumarchey que des ouvrages de commande, et qui aujourd'hui sont tous d'une extrême rareté. Il s'agit d'un roman de flagellation, d'un recueil de nouvelles du même genre et d'une compilation sur le même sujet, composés tous pour Jean Fort, qui était à la fois éditeur et libraire, 73, faubourg Poissonnière, en face de la caserne de la Nouvelle France :* La Comtesse au fouet belle et terrible, *qui se présente comme le « roman d'une héroïne de Sacher Masoch », parut en 1908 ;* Les Grandes Flagellées de l'Histoire, *« étude sur la flagellation disciplinaire des femmes en Europe », publiée en 1909, s'accompagne de vingt illustrations hors-texte par Jean*

Macorlan. Ces illustrations sont-elles de Jean Dumarchey, frère de Pierre ? Il nous faut laisser à d'autres le soin de répondre à cette question, s'ils le peuvent. Quant au troisième ouvrage de même inspiration portant la signature de Pierre Dumarchey, il date de 1910 et réunit six nouvelles sous un titre singeant le documentaire : Le Masochisme en Amérique, *« recueil des récits et impressions personnelles d'une victime du féminisme, suivi de* la Petite Marquise de Sade ».

Le débit de ces trois ouvrages donna certainement satisfaction à leur éditeur. Dès 1910, celui-ci fit procéder à une réimpression de La Comtesse au fouet, *dont le premier tirage s'était épuisé en moins de deux ans, et il invita Mac Orlan ou plutôt Dumarchey à lui apporter sans retard le manuscrit d'un autre roman, annoncé comme « en préparation » en 1909 sous le titre de* Lise fessée ou la petite fille de joie. *Sans doute ce titre fut-il écourté ensuite, car tous les exemplaires que nous avons vus de cet ouvrage disent simplement* Lise fessée. *Ce qui est certain, c'est qu'entre 1910 et 1914, furent publiés encore chez Jean Fort, et dans les conditions légales, cinq ouvrages*

de même nature : Lise fessée *d'abord, puis* Baby douce fille, Miss, Petite Dactylo *et* Quinze ans, *dus à Mac Orlan, mais tous signés : Sadie Blackeyes.*

Pourquoi Pierre Dumarchey s'était-il travesti en Anglaise aux yeux noirs ? A notre avis, l'explication doit en être cherchée dans le fait que les années 1910-1914 sont celles où Mac Orlan, que commençaient à faire connaître les contes burlesques qu'il donnait au Journal, *à* Comœdia *et à plusieurs hebdomadaires, apparaissait à l'étalage des librairies sous son pseudonyme définitif avec* Les Pattes en l'air *(1911),* La Maison du retour écœurant *(1912),* Le Rire jaune *et* Les Contes de la pipe en terre *(1914). On n'ignorait pas, dans le Landerneau littéraire, que Dumarchey et Mac Orlan ne faisaient qu'un. Mieux valait mettre Dumarchey en sommeil et se préserver de la malice des échotiers en attribuant désormais à une lointaine Sadie Blackeyes les histoires de castigation écrites* currente calamo *pour une clientèle de lecteurs en quête d'émotions.*

Que cette littérature très particulière ait eu pour origine la nécessité où s'était trouvé Mac Orlan d'accepter les travaux qu'on lui

proposait, cela ne fait aucun doute, et nous en voulons pour preuve qu'il a aisément renoncé aux récits de fustigations et de plamussades dès qu'il a eu la liberté de choisir lui-même le sujet de ses ouvrages de fiction. Mais nous pensons qu'André Salmon assombrit quelque peu la situation de Mac Orlan mercenaire de la plume lorsqu'il écrit dans ses Souvenirs sans fin : *« Mac travaillait la mort dans l'âme, pour Jean Fort, libraire et successeur de Paul Fort (rien de commun avec le maître des* ballades françaises), *premier éditeur de* L'Amour en visite *d'Alfred Jarry. »*

Le contenu des Grandes Flagellées de l'Histoire *atteste qu'en faufilant cette rhapsodie sadomasochiste, Mac Orlan, loin de sombrer dans la déréliction, donnait çà et là dans la rigolade, attribuant à d'anciens auteurs qu'il affublait du nom déformé de quelques-uns de ses amis des ouvrages censément historiques, mais absolument imaginaires. C'est ainsi que le poète Fernand Chaffiol, qui habitait alors Montmartre, se vit transformé sous le nom de Chaffignol en familier de la cour de Catherine de Russie, tandis que Salmon pouvait se reconnaître sous les apparences d'un prétendu André*

Çailmon, écrivain du XVIIIe siècle et auteur d'un roman intitulé Zamir ou le Sopha d'occasion.

Éditeur peu exigeant et d'ailleurs trop inculte pour procéder à un examen des manuscrits que lui apportait Mac Orlan, Jean Fort, contrairement à ce que dit Salmon, n'était pas le fils mais le neveu de Pierre (et non Paul) Fort, lequel, sur la recommandation de Rachilde, avait autrefois acheté à Jarry L'Amour en visite. *D'abord simple commis chez son oncle, Jean Fort s'était ensuite établi à son compte et, comme son oncle, s'était aventuré dans l'édition d'ouvrages plus ou moins grivois. Après avoir publié quelques auteurs qu'il avait connus chez Pierre Fort, il en recruta d'autres par l'intermédiaire des premiers. Impossible de savoir aujourd'hui par qui Mac Orlan fut mis en relations avec Jean Fort, mais il est vraisemblable que l'agent de liaison fut un des tâcherons de la plume ou du pinceau qui, vers 1908, fréquentaient comme Mac Orlan le Lapin Agile et les bistrots de la place du Tertre.*

Sans être grassement payée, l'infra-littérature fournie à Jean Fort présentait à

coup sûr l'avantage de procurer à Mac Orlan un peu plus d'argent que ne lui en rapportaient à la même époque les textes qu'il cédait à Émile Benoît, éditeur de chansons, 13, faubourg Saint-Martin. Il reste peu de chose de la production de couplets et de monologues due à Mac Orlan, lequel, dans cette industrie, n'a souvent agi qu'en sous-traitant, pour le compte de professionnels plus aptes que lui à s'assurer le concours d'un compositeur de musique. On sait qu'il servit notamment de nègre à un parolier très répandu dans le monde du caf'conc' et qui se faisait appeler Saint-Gilles. Il travailla probablement dans les mêmes conditions pour Ernest Gerny, auteur dramatique abondant, mais dont les vaudevilles en un acte, représentés dans des bouis-bouis, sont rarement signés de lui seul. Un monologue au moins, Vanderpett et Napoléon ou le Belge et l'Empereur, *a été édité en 1911, sur lequel figurent côte à côte les noms de Mac Orlan et de Gerny. Mais quelques chansons ont également été publiées à la même époque, dont les paroles ont pour signataire Pierre Dumarchey. Nous pouvons en indiquer deux :* La Bague, *dont la musique est de Gabriel Fabre, et*

Les Coffrets, *avec musique de Frédéric Gérard, c'est-à-dire de Frédé, le cabaretier du Lapin Agile. Des chercheurs découvriront probablement d'autres pièces du même genre.*

***

Nous n'avons fait état jusqu'ici que de livres ou de chansons qui, pour inconnus ou peu connus qu'ils soient, n'ont pas été tenus secrets à leur naissance. Il nous reste à dire ce que nous avons appris depuis 1920, et surtout dans les années 20, touchant les ouvrages composés jadis par Mac Orlan pour des éditeurs clandestins.

Au début du siècle, une dizaine d'éditeurs alimentaient à Paris le commerce des livres réputés contraires aux bonnes mœurs. Sous le Second Empire et même jusqu'au temps de Grévy, les éditeurs de priapées étaient presque tous établis à Bruxelles ou à Amsterdam, mais l'Exposition de 1889, puis celle de 1900, en attirant à Paris un nombre considérable de provinciaux et d'étrangers, avaient incité d'astucieux arti-

sans du livre à rééditer discrètement les classiques de l'obscénité. C'est ainsi que Gamiani *fut réimprimé quinze ou vingt fois en quelques années et dans de petits formats. Mais comme la librairie, même clandestine, a besoin de nouveautés, les mêmes éditeurs se mirent en quête de manuscrits inédits.*

Certains de ces messieurs n'avaient d'activité que clandestine. D'autres, au contraire, éditaient ouvertement des ouvrages très avouables. Souvent, ils étaient à la fois éditeurs et libraires, et leur double profession leur ayant permis de connaître personnellement des auteurs, il n'est pas étonnant qu'ils aient pu à maintes reprises demander des textes épicés à des écrivains de talent, tandis que les éditeurs sans surface ni patente devaient se contenter des manuscrits que leur cédaient des pornographes aussi dépourvus d'esprit que de syntaxe. Il semble bien que Mac Orlan ait eu affaire à l'un de ces éditeurs anonymes pour le premier ouvrage qu'il ait fait publier sous le manteau et dont la page de titre dit : « Femmes du monde et sang bleu, *première partie :* Georges, *par le chevalier de X... Hors commerce. Tiré à un très petit*

nombre pour les amis d'Isidore Liseux, 1908. » Deux autres parties devaient compléter la première. Elles n'ont jamais paru, et sans doute n'ont-elles jamais été écrites, le chevalier de X... ayant dû être plus ou moins floué par l'éditeur qui se targuait, bien abusivement, de satisfaire la clientèle de bibliophiles de feu Liseux.

En 1910 et 1911, c'est sous le pseudonyme de P. du Bourdel que furent édités clandestinement par Jean Fort deux autres romans de Mac Orlan, intitulés, le premier, Les Aventures amoureuses de Mademoiselle de Sommerange ou les Aventures libertines d'une demoiselle de qualité sous la Terreur, *le second :* Mademoiselle de Mustelle et ses amies, *« roman pervers d'une fillette élégante et vicieuse ». Quelques exemplaires de ces deux ouvrages ayant été saisis avec beaucoup d'autres livres licencieux, Mlles de Sommerange et de Mustelle furent toutes deux victimes des condamnations prononcées en octobre 1913 et en décembre 1914 par la Cour d'assises de la Seine, mais comme les arrêts de la Cour englobaient une vingtaine de titres différents, personne ne se soucia d'identifier le du Bourdel dont les deux*

romans devaient en principe être anéantis, selon la décision d'un jury qui ne les avait pas lus.

On a pourtant parlé de Mademoiselle de Mustelle, *mais plus tard, à propos de la réédition qu'en fit en 1928, à 128 exemplaires seulement, notre ami René Bonnel. Ce dernier s'était amusé à pourvoir ces 128 exemplaires d'une fragile couverture, analogue à celle des exemplaires brochés de la fameuse « Bibliothèque Rose ». Sur cette couverture se lisaient même le nom et l'adresse de la librairie Hachette, mais la ressemblance s'arrêtait là, et il suffisait d'ouvrir le livre pour voir que sa page de titre en imputait l'édition à une firme de Saint-Domingue ! Le hasard voulut qu'un des dirigeants de la librairie Hachette apprît qu'un farceur s'était permis d'utiliser le nom de cette prestigieuse maison dans la présentation d'un ouvrage licencieux. On en eut un grand émoi boulevard Saint-Germain. Une plainte en contrefaçon fut déposée contre X... en 1929. Les exemplaires de l'édition délictueuse étaient depuis longtemps dispersés chez les collectionneurs. A grand-peine, un enquêteur parvint à en racheter un. La police procéda à*

une vingtaine de perquisitions infructueuses. Bonnel fut inquiété, mais rien ne permit d'établir sa culpabilité. Il n'est pas déplaisant de constater qu'en matière de librairie, les opérations de police prescrites par les autorités sont parfois comparables à l'emploi d'un marteau-pilon contre une mouche, qui s'envole à temps.

Le quatrième ouvrage que Mac Orlan ait procuré à l'édition clandestine sortit de presses en 1919 ; mais il eût paru cinq ans plus tôt si les poursuites engagées en 1913 et 1914 contre Jean Fort, puis la guerre de 1914-1918, n'en eussent contrarié la publication. Il est signé Sadinet et a pour titre Petites Cousines, *« souvenirs érotiques d'un homme de qualité touchant les jolies petites cousines, les bonnes à tout faire, les femmes du monde et les belles filles de province ». Il porte en épigraphe cette citation d'Ausone : « Ils sont trois dans le lit : deux font l'amour et deux le subissent. – Ils sont donc quatre ? – Tu te trompes. Celui de droite compte pour un et celui de gauche pour un autre, mais celui qui est au milieu compte pour deux, puisqu'il agit et subit à la fois. »*

En 1926, Mac Orlan s'abstint de mettre

son nom en tête de La Semaine secrète de Vénus, *mais s'il observa cette précaution, ce n'est pas que son texte fût de nature à alarmer le ministère de l'Intérieur ou le Parquet. Ce qui lui imposait la discrétion, c'est le caractère assez audacieux des lithographies de Vertès illustrant sept courtes proses. L'artiste et l'éditeur (le libraire Paul Cotinaud) ayant gardé l'anonymat, il fallait que Mac se modelât sur eux.*

Pour compléter cet essai de bibliographie macorlanienne, signalons que c'est également Mac Orlan, qui, en 1911, se chargea de préfacer une édition revue et augmentée de Maisons de flagellation, *par le docteur Fowler, « traité sur les méthodes employées par les flagellomanes ». Cette édition, publiée chez Jean Fort, n'est nullement clandestine, mais la provenance de l'ouvrage nous échappe. Une édition antérieure et plus succincte porte une rubrique bizarre : « Paris-Pragues [sic], E. Torok ». Elle est de 1907. Est-ce l'édition originale ? N'offrirait-elle pas plutôt la traduction d'un ouvrage en anglais, publié d'abord en Grande-Bretagne ou aux États-Unis ? Dans l'édition de 1911, la préface due à Mac Orlan est signée Pierre de Jusange. Assuré-*

ment, il plaisait à Mac de s'octroyer une particule quand il choisissait le nom dont il se servirait dans quelque ouvrage à tenir un peu caché : Chevalier de X., P. du Bourdel, Pierre de Jusange, et encore Claude de Saint-Hièble, qui ne se rencontre que dans une compilation éditée en 1919 par Jean Fort et consacrée à L'Instrument des Apothicaires.

Nous reprochera-t-on d'avoir donné ici sur les débuts de Mac Orlan des renseignements que lui-même ne livrait pas ? A notre sens, il était normal qu'il gardât le silence sur des ouvrages qu'il n'eût pas écrits s'il n'avait eu à résoudre de difficiles problèmes de fins de mois, voire de fins de semaine. Mais ses œuvres avouées présentent tant d'intérêt qu'il est probable qu'elles seront un jour étudiées avec minutie et que des chercheurs s'ingénieront à recueillir les éléments d'une biographie exacte et précise. Nous avons pensé que ce que nous savions méritait d'être consigné et faciliterait peut-être la tâche des macorlanistes futurs.

Apollinaire, qui fut un des meilleurs amis de Mac Orlan et qui, comme lui, eut à remettre de la copie à des francs-tireurs de l'édition, Apollinaire ne paraît pas devoir

souffrir de la mise en lumière de ses curiosa. *Il en ira de même pour Mac Orlan. Importantes ou non, il n'est pas de composantes de son personnage qui ne puissent lui concilier de sympathies.*

Pascal Pia.

CHAPITRE PREMIER

Lucette en vacances.
Curieuse nature d'une petite fille élégante.
Sa sœur. Dialogues à l'office.

– « Ouf ! c'est pas trop tôt, je peux dire adieu à cette sale boîte et pour un bout de temps. » C'est ainsi que Mademoiselle de Mustelle s'adressait à sa gouvernante anglaise en franchissant les portes du lycée Molière.

C'était en effet les vacances et Mademoiselle Lucette qui n'éprouvait qu'un goût modéré pour le programme des études de l'enseignement secondaire, manifestait sa joie dans ce langage peu académique.

– Ne parlez pas comme cela, dit miss Ketty, la gouvernante, Madame vous l'a défendu.

– Ah s'il fallait écouter tout ce que dit ma mère ! Avec ça qu'elle se gêne, l'autre

jour je l'ai entendue dire à Monsieur de Boëme que c'était un vieux cochon gâteux, elle a dit vieux cochon gâteux !

– Chut ! Voulez-vous vous taire !

Tout en parlant, la fillette et l'Anglaise étaient grimpées dans la limousine que le chauffeur nègre conduisait avec chic et sûreté.

Profitons du cours trajet du lycée Molière, à l'hôtel de Madame Mustelle, la mère de Lucette, pour faire les portraits de cette petite fille et de son aimable gouvernante, Miss Ketty Lawreince.

Lucette de Mustelle avait 13 ans. C'était une jolie petite fille châtain au gracieux visage ou l'espièglerie s'alliait aimablement avec un rien de sensualité qui rendait cette gamine plus troublante qu'une jeune fille voire une femme.

Vêtue avec une élégance simple d'un tailleur bleu marine, le visage encadré sous un immense chapeau de paille d'Italie, elle s'affirmait coquette et déjà très au courant dans l'art compliqué de conduire un flirt dans les petits coins.

Car chez Madame de Mustelle on ne se gênait pas pour flirter avec Lucette qui avait de la beauté et de l'esprit, elle avait

beaucoup plus lu que les petites filles de son âge n'ont coutume de le faire, et de ces lectures souvent très lestes elle s'était fait une connaissance de la vie qui donnait un charme étrange à ses reparties de petite fille.

Sa mère, encore très jeune, elle n'avait que trente-deux ans, tenait de sa fille, si l'on peut dire, pour la beauté, c'était une grande blonde jolie et distinguée qui, sous une apparence hautaine et un tantinet froide, cachait un caractère de sensualité et de dévergondage dont la réalisation était favorisée par l'immense fortune qu'elle avait héritée de son mari, décédé dans un voyage d'exploration.

Se donnant toute aux plaisirs de l'amour et de la vie mondaine, la jeune veuve s'occupait très peu de Lucette et de sa sœur cadette, la petite Marcelle, deux ans plus jeune que notre petite lycéenne.

Les deux enfants étaient confiées à Miss Ketty, qui donnait des leçons à Marcelle, puisque Lucette suivait les cours au lycée.

Marcelle était en brun le portrait de son aînée ; quoique âgée de 11 ans, elle était très boulotte pour son âge et l'exemple de sa sœur n'était pas pour lui donner des idées d'une très haute moralité.

Miss Ketty, enfin, qui avait pour mission de surveiller la conduite des deux sœurs, était une fort jolie petite Anglaise de 20 ans, une adorable frimousse de « Gibson Girls » éveillée, abritant un joli teint de porcelaine sous les bandeaux lourds d'une épaisse chevelure fauve, presque rousse, mais d'un roux distingué comme le Titien coiffait les belles princesses de la Renaissance italienne.

Ainsi présentées, rejoignons Lucette et Miss Ketty.

La limousine de Madame de Mustelle ayant stoppé devant le grand hôtel de l'avenue Kléber, Lucette sauta prestement et passa devant la loge du concierge en criant à pleins poumons :

Vive les vacances !
A bas la rentrée !

Derrière elle, Miss Ketty grimpait le grand escalier en souriant à l'exubérance de Lucette, qu'elle chérissait d'un amour très peu pédagogique, comme on le verra par la suite.

– Maman n'est pas là ? demanda Lucette à une gentille femme de chambre qui passait en portant dans ses bras une pile de linges parfumés.

– Non elle est partie jouer au golf à la Boulie avec Monsieur Gaston.

Celui que l'on appelait Monsieur Gaston, était en réalité Gaston de Vives, un grand jeune homme riche et désœuvré qui passait à l'office pour être l'amant de la patronne.

– Chouette on va pouvoir rigoler ! conclut Lucette quand elle apprit que sa mère n'était pas là.

Elle grimpa dans sa chambre et trouva sa sœur Marcelle qui, jupe retroussée, pantalon tombé sur les bottines se regardait le derrière dans la psyché, à en attraper le torticolis.

Quand elle vit sa sœur entrer en coup de vent elle se hâta de baisser ses jupes et piqua un fard qui empourpra instantanément sa belle petite figure.

– Ben vrai, dit Lucette, t'es pas folle de te regarder le derrière dans la glace... fais donc voir.

Elle fit pirouetter sa sœur et retroussa jupes, jupons et chemise, découvrant ainsi un beau petit fessier rond et potelé à souhait.

– Tu as reçu une fameuse fessée, ma chère, qui est-ce qui t'a administré cela ? Ton derrière est aussi rouge que tes joues.

Honteuse Marcelle répondit : « C'est maman, parce que j'avais cassé un grès, elle m'a fait fouetter par Justine. »

Justine c'était l'accorte soubrette que Lucette avait rencontrée dans l'escalier.

Lucette laissa retomber les jupes de sa sœur et se mit en devoir de retirer sa jaquette pour enfiler une blouse de tussor qui lui tenait lieu de peignoir quand elle restait chez elle.

– Tu ne sais pas, dit-elle à sa sœur, tu devrais te tremper le derrière dans la cuvette, ça te rafraîchirait... moi je descends à l'office, pour voir s'il n'y a rien de bon pour le goûter.

Elle descendit dans le sous-sol où se tenait l'office en chantant à tue-tête une chanson anglaise que lui avait apprise Ketty, et où il était question de baisers sur la bouche, de doux cœur et de taille arrondie au bout de neuf mois.

Lucette avait plaqué sa sœur en contemplation devant son derrière fessé, pour profiter du départ de sa mère qui lui laissait toute latitude pour bavarder avec les bonnes et le valet de chambre, un joli garçon de 25 ans, au visage sournois et vicieux.

Firmin, c'était le nom du larbin, regardait sa petite maîtresse avec des yeux suffisamment éloquents et il ne se gênait pas quand il passait derrière elle pour lui peloter les fesses à travers ses robes d'intérieur toujours en étoffe légère.

Une fois, il avait trouvé, par hasard, la fente de la robe et, comme celle-ci communiquait avec la fente du pantalon et que la chemise de la fillette était un peu levée, il put introduire sa main et toucha la chair douce et satinée des fesses virginales.

Son doigt se fit fureteur, essayant de disjoindre les fesses serrées pour atteindre la pastille ronde de l'anus... mais Lucette se retourna, le foudroya d'un long regard, et Firmin retira sa main en murmurant :

– Petite vipère, il faudra bien que tu y passes comme les autres.

Comme les autres, car, Don Juan d'office, il avait couché avec Justine, la femme de chambre, avec la grosse Alice, la lingère, avec Marie-Jeanne, la cuisinière, une robuste Bretonne assez jolie, et avec la femme du concierge, une petite Bordelaise ardente et enjouée, qui servait de deuxième femme de chambre.

On chuchotait même devant Lucette et

sa sœur qu'il avait fait des « saletés » avec l'Anglaise.

Lucette adorait l'office, parce que sa curiosité se satisfaisait à tout cet étalage de vices et d'amour équivoque ; elle en apprenait de toutes les couleurs et, quelquefois, elle était obligée de s'enfuir dans sa chambre, pour se livrer à la caresse débilitante d'une bonne petite branlette, jeu pervers que lui avait enseigné une amie de lycée.

Lucette ouvrit la porte, pointa son petit nez insolent et demanda : « On peut entrer ? »

– Voilà la môme Lulu, dit Firmin.

– Ah ! oui, quelque chose de gentil, renchérit la femme de chambre ; si jamais elle arrive au mariage avec son pucelage entre les jambes, je veux bien que le diable m'en... !

– Son pucelage d'entre les jambes peut-être ; mais, celui qu'elle a entre les fesses, je crois que si son mari fourre son nez dans la raie, il trouvera la route libre ! s'esclaffa Firmin.

– Parle pour toi, cochon, répondit Alice... tout le monde sait que tu changes dix sous pour 20 francs... Si c'est pas mal-

heureux d'entendre des boniments comme ça... faut-il avoir du vice pour se servir de ce côté-là !

– Ah tu ne faisais pas tant la mijaurée le jour où tu m'as demandé de t'en... !

Alice mit la main sur la bouche de Firmin et, s'adressant à Lucette qui souriait :

– Tiens, y a des confitures dans le placard et puis aussi entre mes fesses si tu en veux !

– Vrai ce que tu peux être sale, Alice, dit Lucette, si l'Anglaise t'entendait ?

– Elle me ficherait peut-être la fessée je pense ?

– Non mais elle le dirait à maman !

– Ah votre mère s'en fiche un peu en ce moment elle se fait savonner les fesses par Gaston, sans compter qu'elle ne doit pas s'embêter avec Gaston, en voilà un petit jeune homme que je m'enverrais bien !

– Alors tu crois que Gaston fait des... choses à tite mère !

– Un peu. L'autre jour dans le salon... sur la chaise longue, on entendait Madame soupirer d'ici : « ah ! ah ! encore... encore... oh mon chéri ! »

Et la soubrette, grimacière et gentille,

imitait la pâmoison de sa maîtresse, entr'ouvrant la bouche et roulant des yeux blancs.

Lucette qui s'était préparé une tartine de confiture riait avec elle, cependant que Firmin la lorgnait en dessous.

– Pourquoi disait-elle cela ? demanda Lucette qui faisait à dessein la Sainte-Nitouche.

– Tu sauras cela quand tu auras du poil au cul ! répondit la cuisinière.

– Mais j'en ai... vous pouvez me le dire ?

– T'en as, je voudrais bien le voir, répondit Alice... ça doit être comme le creux de ma main et encore dans le creux de ma main, il y a un poil, c'est du moins Madame qui le dit.

– Oui j'en ai... na ! dit Lucette un peu vexée !

– Non mais ! interrompit Firmin, si Mademoiselle a du poil où je pense comme elle le dit... ce n'est pas difficile, elle n'a qu'à le montrer... nous n'en perdrons pas la vue !

– C'est une idée ça, dit Alice que l'idée de Firmin émoustillait... Allons, Lulu, ouvre ta culotte et lève tes jupes qu'on voit !

Subitement les joues de la fille s'étaient empourprées, elle serrait ses jupes autour de ses cuisses et grignotait sa tartine avec des yeux de biche traquée, elle changea la conversation.

– Dis donc, Alice, tu ne sais pas ce que l'Anglaise m'a dit ?

– Non, non ; je ne veux pas le savoir... ça sera pour une autre fois... Lève tes jupes, baisse ta culotte et montre-nous si tu as du poil !

Elle s'approcha de la fillette, la saisit à la taille et la renversa sur son genou.

– Tiens, Marie-Jeanne, trousse-la, pendant que je la tiens ; elle a un pantalon ouvert.

Lucette essaya de se débattre ; mais la grande Alice la tenait bien.

Marie-Jeanne leva la petite jupe bleue à gros plis, découvrit les jambes fines gaînées dans des bas cachou, et le pantalon apparut, un pantalon de fillette, moulant le derrière, fanfreluché à chaque jambe de dentelle de prix.

– Si c'est pas malheureux de fiche des pantalons de 250 francs à une gosse de cet âge-là !

Lucette dans les bras de la grosse Alice,

se débattait en criant : « Laissez-moi ; je le dirai à maman... ah ! »

Cette interjection était causée par le fait que Marie-Jeanne avait entr'ouvert par-devant la fente du pantalon de Lucette.

Elle tassa la chemise et le ventre blanc, gracile, uni et doux comme l'ivoire, apparut... Alice écarta les jambes de l'enfant et l'on vit la fente sexuelle rose... d'un rose saumon, délicate et virginale, bien dessinée par l'absence même de poil !

Firmin, congestionné, béait devant ce spectacle charmant et sa culotte palpitait au bon endroit.

– Tu vois bien que tu n'en as pas, dit Alice en remettant Lulu sur ses pieds... Menteuse ; avec toi, pour le croire, il faut aller y voir !

Rouge de honte, Lucette répara les plis de ses jupes. Elle n'osait plus lever les yeux et une larme brillait sous ses longs cils.

– Ah ! quoi, dit Alice, en voilà-t-il pas une affaire, parce que Firmin a vu ton cul... il le verra encore plus d'une fois... et c'est toi-même qui le lui montrera, car, vicieuse comme tu l'es, tu ne tarderas pas à jouer des parties de jambes en l'air.

Et, comme Firmin exultait à ce discours,

elle se tourna vers lui et sérieusement en colère l'apostropha :

– Oui, salop, je le sais bien que tu cavales après ses jupes, les femmes ne te suffisent pas, il te faut les hommes et les gosses... Mais je te préviens, saleté, que si tu couches avec elle, je t'arrangerai comme tu le mérites !

Et comme Firmin ricanait, Alice s'élança vers lui pour le gifler.

Ce fut Lucette qui rétablit l'ordre.

– Quoi, dit-elle, vous n'allez pas vous battre, Alice tu es bête, si Firmin a vu ma petite affaire c'est que tu lui as montré... moi je ne voulais pas... maintenant il va toujours être à me chatouiller le derrière dans les coins... mais faut pas croire parce que je rigole comme ça que je me laisserai faire... ah ! non... pas de pelotage avant le mariage, comme dit Marie-Jeanne !

Alice se calma et elle poussa même la gentillesse jusqu'à donner à Lulu des petits fours qui restaient d'un five o'clock de la veille.

– Merci, dit Lulu, redevenue gamine, je vais en monter à Marcelle... Ah ! à propos... elle a reçu une fessée soignée... c'est toi, Alice, qui lui as donnée ?

– Oui... ah la petite saleté... elle a été raconter à votre mère que je la chatouillais entre les jambes chaque fois que je lui donnais son tub !... Elle en a du vice cette gosse-là !

– En tout cas elle a une jolie paire de fesses ! dit Firmin.

– Tu les as donc vues, coureur de gosses !

– Oui, j'étais dans la pièce à côté quand tu l'as fouettée, tu avais laissé la porte ouverte et ma foi j'ai vu l'opération... elle est épatante votre sœur, s'adressa-t-il à Lucette, presque aussi gentille que vous... de vraies fesses de femme.

– Ah, en voilà un qui ne rate jamais les bonnes occasions ! dit Alice en emplissant le peignoir de Lucette de petits fours, une femme ne peut pas péter dans la maison sans l'avoir derrière son cul... c'est à croire que la patronne y a passé aussi.

– Et comment ! ricana Firmin, cependant que Lulu s'enfuyait avec ses petits fours.

CHAPITRE DEUXIÈME

Départ pour l'Anjou.
Madame de Mustelle
et Monsieur de Boëme.
La maman donne à son insu
la première leçon d'amour à sa fille.

Quelques semaines après la scène de l'office, Madame de Mustelle, ses deux filles, Alice, l'Anglaise, Firmin et le chauffeur nègre, se rendaient au château de Mustelle, en Anjou, pour y passer les vacances.

Madame de Mustelle comptait y recevoir ses amis et amies et ne point s'y ennuyer.

Les enfants pour la même raison étaient enchantées, car à la campagne elles étaient si il est possible encore plus libres qu'à Paris.

Le château de Mustelle était un château du XVIe siècle aménagé confortablement sans préoccupation de ce qu'un ameublement à l'anglaise pouvait jurer dans les grandes salles d'un manoir presque féodal.

Madame de Mustelle qui chassait dans ses terres aimait beaucoup cette résidence, car elle y était libre, dégagée de toutes conventions mondaines et la solitude du manoir favorisait les hasards qui font se soulever les jupes et s'envoler les bonnets.

Habillées de piqué blanc, les deux sœurs, Lulu et Marcelle, couraient la campagne toute la journée sous la surveillance peu farouche de Miss Ketty et d'Alice.

Firmin restait au château avec le chauffeur Ali, pour donner ses soins aux invités mâles que Madame de Mustelle ne manquait jamais d'inviter.

Cette année-là, le premier qui fit son apparition dans ce domaine seigneurial, fut un gentilhomme allemand, bel homme d'une quarantaine d'années portant la moustache en croc à l'instar de son kaiser, Wilhem.

Ce gentilhomme s'appelait Monsieur de Boëme.

C'était un des familiers de Madame Germaine de Mustelle, et il cherchait toutes les occasions d'entrer plus avant dans les bonnes grâces de la délicieuse veuve.

Ayant appris, à l'heure du thé, qu'une

brouille sérieuse avait éclaté entre Germaine de Mustelle et Gaston de Vives, son amant attitré, il s'était hâté de rejoindre la dame, espérant profiter de cette brouille ainsi que de la solitude et de l'oisiveté qui, s'il faut en croire Pierre de Bourdeilles, porte les dames, même les plus cointes aux recherches passionnées de l'aimable jeu de l'amour.

« Elle va s'embêter, pensait-il avec raison, et c'est bien le diable si je n'arrive pas à profiter du moment pour mettre un pied dans le lit de la belle et un doigt dans son... »

Il n'acheva pas, mais il sourit avec fatuité tout en bouclant ses leggins, car ce matin-là il devait faire une promenade à cheval avec son élégante hôtesse.

Ce fut délicieux ; dans les châtaigneraies qui bordaient le château ils se laissaient aller au doux bavardage de la galanterie.

Mais, tout en débitant des fadaises à la svelte jeune femme, de Boëme ne pouvant s'empêcher de lorgner à travers son monocle, le séant arrondi et copieux sans vulgarité de Madame de Mustelle.

Oh ! ce joli derrière bien dessiné par le drap collant de l'amazone, Monsieur de

Boëme en raffolait, car il avait le fétichisme de cette partie de l'anatomie féminine, et il savait l'honorer par des caresses qui n'étaient pas souvent sans faire rougir de honte celies qui s'y prêtaient.

Pendant la promenade, Monsieur de Boëme manifesta son amour d'une façon tellement visible que Germaine qui louchait vers les culottes bouffantes du cavalier ne put s'empêcher de rougir jusqu'à la racine de ses cheveux blonds.

On rentra. Monsieur de Boëme entra dans sa chambre pour se mettre en veston, et Germaine ayant passé un peignoir descendit dans son boudoir où l'Allemand devait venir lui tenir société.

Il y fut et il y était depuis une demi-heure quand Lucette qui avait lâché sa gouvernante et sa sœur vint rôder dans un cabinet noir attenant au boudoir et d'où l'on pouvait entendre tout ce qui se disait de l'autre côté de la cloison.

La curiosité qui était l'un des moindres défauts de la mignonne Lulu, lui fit coller son oreille contre la porte.

Elle ne perdit pas son temps car le dialogue qu'elle entendit valait la peine d'une indiscrétion.

Lulu, le cœur battant très fort, entendit d'abord sa maman qui se tordait de rire, un joli rire perlé qui résonnait gaiement dans la pièce.

– Ah !... disait-elle... vous dites cela pour vous moquer de moi... les femmes, mon pauvre ami, mais vous vous en fichez... Croyez-vous que je ne connaisse pas vos goûts... et les scandales auxquels vous avez été mêlé... vous m'aimez, dites-vous ? Je crois plutôt que vous aimez les petits garçons, si j'en crois la rumeur publique... fi le vilain qui est porté pour hommes quand il y a tant de jolies femmes !

– Et je suis de votre avis... belle dame, répondait Monsieur de Boëme... aussi je mets mes hommages à vos pieds !

– Admettons que je vous cède... espérez-vous trouver en moi les qualités que vous recherchez chez un homme, il me manque quelque chose ! dit Madame de Mustelle en riant aux éclats.

– Non, chère amie... et ma foi je peux agir avec vous comme j'agis avec les petits garçons... il ne vous manque rien de ce côté-là j'espère !

– Oh quelle horreur ! dit Madame de

Mustelle... taisez-vous... alors si je vous cédais... vous... enfin... je ne sais comment dire !

– Oui, je vous honorerais par l'arrière Vénus, l'autel callypige que je pressens en vous... Qu'y a-t-il de mal : « Cornelie la mère des Gracches se laissait pédiquer et Junon livrait sa croupe à Jupiter avant que Ganymède fût élu dans le cœur de son auguste époux ! »

– Mais cette... façon d'aimer doit faire horriblement mal !...

– Du tout, il suffit de s'y prêter et d'être soumise... combien y a-t-il de femmes qui préfèrent les caresses anormales de la voie défendue à celles plus licites du vase naturel !

– Fi, Monsieur, vous parlez comme un casuiste... Oh tenez ! vous m'énervez... laissez-moi... je vais me reposer !

C'était un congé.

– Puis-je espérer ? demanda Monsieur de Boëme.

– Vous ne m'avez pas encore convaincue... essayez et plaidez la cause de votre bizarre passion !

Monsieur de Boëme sortit et en sortant il se jeta dans les jambes de Lulu qui sortait du cabinet noir.

Il la regarda en dessous. Il pressentit que la petite avait tout entendu et cela l'excita au plus haut point, il la regarda un instant et Lucette dut baisser les yeux sous son regard, puis il s'éloigna en murmurant d'inintelligibles paroles.

***

Lucette avait bien entendu la conversation entre sa mère et de Boëme et bien qu'elle se doutât qu'une polissonnerie en fût le motif, elle n'avait pas compris de quoi il s'agissait.

Elle connaissait vaguement l'amour pour avoir vu des animaux coïter et sa perversité à elle la portait plutôt vers les caresses entre amies, les plaisirs clandestins et les conversations grivoises et scatologiques de ses domestiques.

Cependant elle savait que sa mère avait un amant et par conséquent elle savait que sa mère faisait des « cochonneries » avec lui. Quelles cochonneries, cela elle ne le savait pas et elle n'osait le demander à ses bonnes de peur de se faire moquer d'elle.

« Ce qu'il résulte de ce que j'ai entendu ce matin se dit-elle c'est que maman veut

bien coucher avec de Boëme, mais qu'elle ne veut pas faire une saleté qu'il lui demande, il faut que je sache ! »

Et pour savoir elle guetta, et pendant plusieurs jours elle observa sa mère et le monsieur.

Quelquefois le galant murmurait quelques mots à l'oreille de Madame de Mustelle qui riait et rougissait à la fois.

– Non, non, disait-elle en minaudant, vous n'arrivez pas à me convaincre.

Et pourtant... un jour Lulu entendit sa mère qui disait à Monsieur de Boëme : « Enfin... venez ce soir, dans ma chambre, mais pour l'amour de Dieu ne faites pas de bruit ! »

« Ça va bien ! » pensa Lulu et elle prit ses précautions pour avoir le fin mot de cette énigme.

Quand le soir fut tombé, elle fit mine de s'en aller dans sa chambre et quand l'Anglaise et sa sœur furent endormies elle se leva, seulement recouverte de sa chemise de nuit, et s'en fut à pas de loup se cacher dans la chambre de sa mère derrière un paravent, où elle était sûre qu'on ne viendrait pas la dénicher.

La chambre était encore déserte, mais

elle n'était pas plutôt blottie dans sa cachette d'où elle voyait tout le lit à deux pas d'elle que la porte s'ouvrit et que sa mère entra.

Dans un coin Lucette assista à toute la toilette galante d'une jolie femme.

Elle vit sa maman se déshabiller, se recoiffer gentiment devant la glace... puis chevaucher, chemise haut troussée, son bidet de porcelaine décorée, montrant ainsi à son insu et la fente charnue de son sexe, mi-cachée sous la toison blonde et les deux grosses joues de cet admirable derrière qui excitait tant la convoitise de Monsieur de Boëme.

Madame de Mustelle avait à peine terminé sa toilette et venait de se glisser dans le grand lit bas et voluptueux, que Monsieur de Boëme fit son entrée en caleçon mauve et en chemise de nuit.

Sans dire un mot il monta dans le lit qui craqua sous son poids.

Alors... alors Lucette vit des choses qui lui tinrent les yeux grands ouverts et ne lui donnèrent pas du tout envie de dormir.

Monsieur de Boëme embrassait sa mère sur la bouche, il lui suçait la langue et la fillette voyait sa maman se tordre sous les draps les yeux chavirés par la volupté.

Les mignardises de la bouche terminées, ce fut Madame de Mustelle qui rejeta les draps.

Alors étendue sur le dos, un oreiller sous les reins pour hausser son ventre, elle s'offrit à l'amour.

De Boëme, nu de son côté, exhibait sa virilité, une queue droite, chaperonnée de rouge, gonflée de désir. Lucette en voyant pour la première fois le membre d'un homme en érection, faillit jeter un cri... elle avait déjà bien vu des petits garçons faire pipi, mais comme leur petite queue était loin de cette grosse affaire raide et luisante au bout.

Devant la queue qui devait la pénétrer, Madame de Mustelle avait largement écarté ses cuisses fuselées et longues. Ainsi son joli minet dont les lèvres roses s'épanouissaient de désirs s'offrait en bonne posture.

Entre ses jambes de Boëme se plaça et pointa son instrument qui pénétra peu à peu et fut bientôt englouti par les lèvres roses de la vulve délicate.

Puis il besogna, donnant des coups de reins. De sa place, Lulu voyait les fesses vigoureuses de l'amant tressauter à chaque

coup de reins auxquels sa mère répondait en faisant de même.

Les soupirs voluptueux de la jeune femme devenaient de plus en plus vifs... des sanglots presque qui se terminaient en une plainte... Son amant l'enserrait de ses bras puissants précipitant les coups de reins et elle cria pâmée, jouissant, les cuisses tendues et le sexe aspirant la chaude liqueur que l'homme déchargeait dans la fournaise mignonne de son ventre bombé !

– Aah... mon cœur... jouis... que tu le fais bien... mon dieu !... ah ! je... tu coules en moi... je te sens... ooh ! ooh !... ah !

La figure pâle, les yeux élargis et troublés, Lulu troublée au plus haut point, vit sa mère rouler sur le côté pendant que de Boëme se retirait, la queue demi-raide... toute gluante... comme plongée dans du blanc d'œuf.

De nouveau il becquetait Madame de Mustelle qui lui abandonnait sa bouche, sa langue, toujours prostrée sur le lit dans la même pose impudique.

Sous les caresses exquises de leurs bouches mêlées, la queue de l'amant eut deux ou trois sursauts, puis de nouveau

banda, droite, dure et nerveuse, toute luisante d'une première décharge.

A voix basse, mais Lulu entendait très bien, il se pencha vers Germaine extasiée et souriante. « Ma chérie vous souvenez-vous de ce que nous avions convenu ? »

– Vous tenez à cela, dit Germaine en détournant la tête... mais regardez... comment voulez-vous qu'une si grosse chose puisse entrer dans un si petit chemin.

– Essayons ma chérie... vous aimerez cela... j'en suis sûr et en vous prêtant de bonne grâce à ce que je veux vous faire... j'entrerai ceci... jusqu'au bout.

– Ah ! !... je n'ose pas... c'est ridicule ! j'ai honte de montrer cet endroit-là... comment faut-il me mettre... vous voyez je fais tout ce que vous voulez !

De Boëme fit placer Madame de Mustelle à quatre pattes sur le lit et lui fit baisser la tête, de façon qu'elle offrît très écartées ses belles fesses rondes et charnues.

La jeune femme dans cette posture impudique était toute rose d'un émoi charmant. Ce fut bien pire quand de Boëme s'agenouillant dans ses jambes, écarta ses fesses à pleines mains et darda sa langue dans le trou mignon de l'anus dévoilé.

– Oh ! que faites-vous... vous me chatouillez... Oh !... c'est ignoble de lécher là... et c'est délicieux... Oh !... que vous êtes vicieux... oui encore... je me laisse faire !

De Boëme s'était levé et Lucette vit qu'il approchait la tête de sa grosse queue, menaçant l'orifice plissé du derrière de sa petite maman.

Il pointa sa verge sur la pastille de chair rose et força un peu !

Germaine jeta un cri.

– Ah ! aïe ! oh je vous l'avais dit, cela fait mal, vous ne pourrez pas rentrer par là... faites avec votre langue si vous voulez, mais pas avec cela !

– Avez-vous de la vaseline ?

– Oh, méchant, vous voulez encore essayer... oui j'en ai dans ce tiroir... la petite boîte rose !

De Boëme revint rapportant triomphalement la boîte.

– Petite vicieuse, dit-il, vous l'aviez préparée... vous pensiez qu'il en faudrait pour venir à bout de ce gentil pucelage postérieur... Tenez... comme ceci... ça entrera bien... mon amour !

Tout en parlant il enduisait l'orifice anal de la jeune femme avec de la vaseline, il

enfonçait un peu son doigt dans le rectum qui, complaisant, se prêtait sans douleur à cette introduction.

Quand tout fut prêt, il reprit sa posture derrière Madame de Mustelle qui le derrière levé et épanoui attendait l'assaut.

Son amant ne la fit pas languir. D'un coup de reins il pénétra dans la place, élargissant le trou mignon à la mesure de son membre.

Germaine poussa un cri de douleur, essayant de se dégager... mais déjà de Boëme avait logé sa queue jusqu'au bout consummant l'enculage.

Il passa sa main sous le ventre de l'empalée, et tandis qu'il précipitait ses coups de reins il branlait habilement le bouton niché dans l'ouverture abandonnée.

Au double contact de la queue qui lui enfonçait le derrière et du doigt qui distillait la volupté, Madame de Mustelle se laissa aller à une folle jouissance.

Sa croupe bondissait et c'était elle-même qui précipitait les mouvements du piston de chair en s'enculant et en déculant, faisant presque sortir la queue de son anus dilaté pour l'engloutir aussitôt jusqu'à sentir contre ses fesses le ventre de son amant.

Elle déchargea dans la main qui la branlait et de Boëme lui lança les jets de sa jouissance dans le derrière... puis tous deux écroulés par la violence du spasme roulèrent sur le lit saccagé, haletants, épuisés, les yeux chavirés de bonheur.

Lulu qui avait assisté à l'enculage de sa mère, attendit leur sommeil. Puis sans bruit elle s'échappa et regagna son lit, excitée, abasourdie par ce qu'elle avait vu... par cette double révélation de l'amour.

« Il lui a mis sa grosse affaire dans le derrière, c'est ça que maman ne voulait pas l'autre jour, pensait-elle, elle avait bien tort car ça avait l'air de lui faire joliment du bien. »

Puis, revivant la scène lubrique qui s'était déroulée devant elle, elle se branla... doucement, retardant la jouissance.

Sa main restée libre s'égara entre la raie chaude de son derrière bombé, un doigt fureteur cherchait le petit trou plissé enfoui au plus profond... elle se l'enfonça le plus loin qu'elle put... puis elle le retira et le porta à son nez ; l'odeur forte et spéciale qu'il dégageait ne lui déplut point, elle continua de se branler jusqu'à la jouissance, cependant qu'avec le plus gros de

ses doigts elle simulait l'enculage... rêvant d'une grosse affaire qui l'aurait pénétrée par là, sans danger de perdre son honneur de jeune fille du monde.

CHAPITRE TROISIÈME

Histoire de miss Ketty.
Comment elle initie Lucette
à l'amour saphique.
Une leçon qui n'est pas perdue.

La belle Anglaise, nous l'avons dit, laissait à peu près Lucette faire ce qu'elle voulait.

Cela tenait à ce qu'elle chérissait la petite fille et guettait l'occasion de lui prouver son affection.

Cette jeune fille sous des dehors chastes et guindés couvait un tempérament amoureux qui à l'instar des jolies filles de Mitylène accordait toutes ses préférences aux personnes de son sexe.

C'était une gougnotte, mignarde et charmante dont le vice n'avait pas attendu sa vingtième année pour se manifester.

Toute jeune, de bonne famille, elle habitait chez ses parents à Brighton, c'est là qu'elle s'initia à l'amour et qu'elle connut l'homme dans ses parties les plus cachées.

Comme elle allait, libre comme une Anglaise, se promener sur la plage, elle fit la connaissance d'un colonel de l'armée des Indes, sir Arnould-Cower.

Ce respectable gentleman aimait les fruits verts et il lorgnait les deux fillettes qui peu farouches encourageaient son jeu.

Un jour il leur parla et offrit à Ketty des bonbons, ainsi qu'à Jane la petite amie de Miss Lawrence.

Ce jour-là il les embrassa et n'alla pas plus loin, mais le lendemain, ayant trouvé les deux fillettes isolées dans quelques roches qui les protégeaient contre les regards des curieux, il s'approcha d'elles et chercha à les embrasser.

Ketty ne le repoussa point. Se cambrant comme une petite femme – elle avait 12 ans – elle ne retira pas ses lèvres et laissa les mains du quinquagénaire s'égarer le long d'elle. Sir Arnould-Cower porta des mains fiévreuses sur les hanches déjà bien dessinées et les rondeurs fermes de la croupe, que la jeune demoiselle tendait complaisamment.

Enhardi par ce succès, le colonel essaya de relever la jupe par derrière et de porter la main sur les jolies roses de chair qu'il

avait déjà aperçues un jour que Ketty s'accroupissait pour faire pipi.

Ketty protestait pour la forme, elle jeta même un petit cri quand la main froide du monsieur courut sur la chair douce et chaude de son entrecuisse.

« Aïe... que faites-vous... finissez... oh... si l'on nous voyait. »

– Il n'y a pas de danger, ma mignonne, d'ailleurs votre amie fera le guet, dit le barbon, dont les doigts fureteurs titillaient déjà la rose d'amour prête à s'entr'ouvrir.

Jane, moins hardie que sa camarade et un peu apeurée par les conséquences de cette aventure, fut enchantée de se résigner au rôle secondaire de sentinelle.

Pendant ce temps, le colonel Arnould-Cower était tombé à genoux derrière Ketty qui plus émue qu'elle ne voulait paraître s'abandonnait à tous les gestes du vieux monsieur.

Les mains fébriles du passionné relevaient les jupes, agrandissaient l'ouverture de la culotte et mettaient à nu les aimables fesses d'un derrière joufflu à souhait.

Le monsieur s'extasiait, pressait de ses mains fiévreuses le beau fruit charnu, il entr'ouvrit la raie fessière douce et

ambrée, découvrit en bas du sillon, le trou brun délicat et gentiment plissé de l'anus ; la chair la plus secrète, l'ouverture la plus intime de ce joli corps de petite vierge acheva de l'affoler, il embrassa la petite bouche postérieure et pointa sa langue dans le trou impur mais adorable.

Ketty riait, chatouillée par les feuilles de rose.

Accoutumée à ce jeu par sa bonne ; elle y prenait cependant un plus vif plaisir qu'avec Jane.

Cette fois c'était un homme qui la léchait et cette idée seule allumait des désirs dans la fournaise qu'était le charmant minet de la belle petite fille.

Le colonel Arnould-Cower, las de prodiguer les caresses de sa langue au derrière de Ketty, la fit virevolter et les mains appuyées aux fesses de l'enfant il amena contre ses lèvres sèches de luxure, le ventre blanc et poli, et la fente délicate du sexe.

Ketty connaissait le plaisir des douces minettes elle fléchit sur ses cuisses, les ouvrit largement, présenta aux lèvres de son adorateur sa rose sexuelle.

La langue frétilla sur le bouton, qui se

dressa turgide, puis s'enfouit dans la chaude profondeur des chairs vierges, mais déjà conscientes des plaisirs de l'amour.

Sans honte, Ketty se livrait à tous les mouvements du spasme, agitant son ventre, élargissant ses cuisses comme pour engloutir la tête de Arnould-Cower, cependant que ses yeux mi-clos chaviraient dans les approches de l'extase.

Elle jouit, en poussant de petits cris de pâmoison, et l'homme agenouillé entre ses cuisses d'enfant but avidement la cyprine qui s'écoulait de la moniche en jouissance.

La figure luisante congestionnée, et les yeux troubles, le colonel Arnould-Cower se leva, essaya de baiser la fillette à la bouche.

– Et votre amie ? dit-il avec un regard obscène dans la direction de Jane.

– Oh... laissez-la... pas aujourd'hui !

– Au moins, voyez cela ! dit-il de nouveau.

Il déboutonna son pantalon, leva la blancheur de la chemise tassée dans une forêt de poils bruns et exhiba aux yeux de Ketty la colonne droite au chapiteau de chair rose de son membre viril tendu par le désir.

Ketty émotionnée fixait le membre viril, n'osant porter la main sur ce bâton de chair qui palpitait maintenant hors de la culotte.

– Touchez-le !

Elle y porta la main, l'enserra. C'était dur, chaud, et bien vivant ; sous la pression de sa petite main douce elle sentait la queue se gonfler davantage arrondissant sa tête rouge, lubrifiée et moite par le désir.

Jane qui montait toujours la garde s'était retournée et, elle aussi curieuse de la révélation du sexe masculin, regardait la pine que sa camarade branlait sur les indications précises du colonel Arnould-Cower, qui, enchanté de l'aubaine se hâtait de déniaiser la fillette.

Le résultat ne tarda pas.

L'excitation, la vue et l'abandon des charmes génitaux de la mignonne Ketty, l'inhabileté même qu'elle apportait à ses caresses, tout concourait vers une fin qui devait faire monter jusqu'au septième ciel le satyre fortuné.

Déjà ses cuisses tremblaient. Sous une secousse plus violente imprimée à sa verge par la menotte de Ketty, il déchargea.

Le sperme jaillit en deux ou trois coups, maculant l'herbe, engluant les mains de la fillette qui, plus qu'étonnée, ne savait ce que signifiait cette subite inondation.

Elle regardait ses mains poissées de crème blanche, l'odeur de la semence humaine loin de la dégoûter l'attirait. Elle pointa sa langue, goûta ce liquide qui ressemblait à de l'orgeat et fit la grimace.

Les grands yeux troublés par l'amour et le vice précoces interrogeaient le séducteur.

Hâtivement, maintenant qu'il avait joui et qu'il se reprochait son imprudence, le colonel Arnould-Cower donna à Ketty et à son amie quelques indications précises sur l'origine et l'utilité de cette crème blanche que la main de la fillette avait fait jaillir, comme les doigts experts d'une bergère font jaillir le lait en prenant les tétins roses de leurs vaches.

Avant de prendre congé de ses petites amies, car déjà sous la tente les mamans appelaient leurs filles, le colonel essaya de trousser Jane.

La gamine résistait, sous l'étoffe frêle du pantalon chastement fermé, le vieux monsieur put tâter la chair jeune d'un conin

imberbe et, d'un doigt fourré à travers l'étoffe, il enfonça un peu la pastille ronde de l'anus, ce qui fit serrer les fesses et jeter un petit cri à la fillette effarouchée.

Ce jour-là il fut impossible d'aller plus avant.

Le plein air d'une plage, même quasi déserte est peu favorable pour de semblables ébats et la surveillance des mamans, bien qu'un peu relâchée ne permettait pas aux deux vicieuses gamines de mener jusqu'au bout leurs petits jeux indécents.

Ce fut Maud, la bonne de Ketty, qui bénéficia de l'état nerveux et de l'excitation que les caresses du Céladon avaient apporté dans le cerveau de la fillette.

Le soir celle-ci se leva et monta dans la chambre de sa bonne qui était au troisième étage de la maison de ses parents. Sa mère et son père dormaient ; haletante, pieds nus et en chemise, la gamine vint se blottir contre le corps chaud et grassouillet de la mignonne Maud.

Son joli derrière rond et dur s'emboîtait au ventre de la bonne. Ketty sentait la toison douce la chatouiller entre les fesses et au creux des reins, cependant que la bon-

niche prenait la fillette sous les bras, lui donnait des coups de ventre contre les fesses, simulant l'enculage.

Puis le doigt de Maud chercha au creux du conin le pois rose de la volupté. Ketty pâmée écartait les cuisses, se prêtant, livrant toute sa chair et quand la bonne vint placer sa bouche sur son sexe à peine nubile, elle soupira et roucoula d'amour comme une femme.

Habile dans l'art délicat des minettes et des feuilles de rose, Maud promenait sa langue dans la chaude cavité féminine.

Elle jouissait du plaisir de celle qu'elle faisait jouir, plus heureuse d'amener des râles de jouissance que de se sentir elle-même léchée à la fente sexuelle.

– Oh... ooh ! Maud ! Maud ! ma chérie, lèche en haut... oh oui... ton doigt... ooui ! dans mon petit trou... Aïe... oh oui enfonce... enfonce !

Le spasme fit se cabrer Ketty dont Maud perforait le trou du cul d'un index habile... Elle roula sur le côté, enserrant de ses cuisses graciles le cou de sa gougnotte qui lui mangeait le conin délicieusement.

Les yeux clos, le visage couché sur les bras repliés, le ventre appuyé sur l'oreiller,

Ketty maintenant offrait son derrière joufflu aux feuilles de rose de la petite bonne.

Celle-ci écartait la raie profonde, disjoignait l'orifice plissé, y pointant sa langue, le plus loin possible, grisée par la salacité d'une caresse qui pénétrait la petite fille dans l'endroit le plus secret de son corps.

Ketty qui adorait cette cochonnerie, tendait les reins, épanouissait ses fesses, faisait beau cul à sa bonne.

Soudain la malicieuse enfant éclata de rire, en s'offrant trop, dans une posture tendue qui favorisait les soupirs digestifs, elle laissa échapper un bruit et une brise parfumée qui vint souffler sur le nez et les lèvres de Maud scandalisée.

– Oh sale ! oh la sale !

Mais Ketty se tordait de la bonne farce qu'elle venait de jouer à sa gentille gougnotte, et comme la fillette était charmante, que le derrière était fort joli, et la bouche postérieure appétissante, Maud ne tint pas rigueur à Ketty de cette incongruité : Elle se remit à la besogne, et redoubla ses caresses à ce polisson de derrière, à cette grosse lune joufflue, bavarde et impertinente.

La nuit ne s'acheva pas comme elle avait été commencée, car sitôt les caresses échangées Ketty descendit dans sa chambre qui était à côté de celle de sa mère.

Naturellement Madame Lawreince ne s'était aperçue de rien.

***

Quelques années plus tard Ketty ayant terminé ses études rentra chez elle.

Ses vices ne l'avaient pas quittée ; mais elle n'avait plus Maud, sa bonne à tout faire.

Dans ces conditions Ketty s'ennuyait ferme à Brighton, rien ne l'intéressait dans son entourage. La nouvelle bonne étant laide, et les petites amies trop bébêtes pour comprendre le joli jeu de la jupe retroussée, Ketty se voyait réduite à se satisfaire toute seule dans sa chambre.

Elle s'allongeait sur son lit, en chemise ou en jupon et là, les cuisses bien ouvertes devant une glace qui réfléchissait la gracieuse image de sa motte bombée et garnie d'une belle toison frisée, elle se masturbait avec des raffinements voluptueux les plus

imprévus, soit en se mettant une bougie dans le derrière, soit en se donnant un lavement très chaud.

Ce plaisir compliqué lui était doux, elle sentait le liquide pénétrer délicieusement ses entrailles, lentement, très lentement, car elle modérait le jet de l'irrigateur en fermant presque le petit robinet de cuivre. Elle jouissait ainsi avec une intensité et une abondance qui tout en inondant ses cuisses de cyprine, la laissait comme morte sur son lit saccagé.

Ketty avait une amie plus âgée qu'elle de deux ans. C'était une grande blonde vicieuse, certes, mais surtout portée sur les hommes.

Un jour Ketty, seule avec elle dans sa chambre, avait profité de ce que Madge était en corset et en pantalon pour porter une main hardie dans l'entrebâillement de la fente.

– Non laisse... laisse-moi.

– Bête, fais-moi voir au moins.

Madge avait consenti, elle avait écarté elle-même les fentes de son pantalon, s'était baissée en avant comme le lui avait indiqué cette polissonne de Kate.

Devant le spectacle des jolies chairs de

sa compagne, devant le beau cul rebondi, et devant les lèvres mi-closes du conin qu'on apercevait entre les cuisses au milieu des poils fauves, la vicieuse demoiselle n'avait pu y tenir, elle s'était jetée à genoux et avait fourragé de sa langue l'anus et les chaudes profondeurs du petit minet de Madge.

Celle-ci surprise, chatouillée et un peu offusquée par cette caresse féminine qui ne répondait pas à ses goûts, se sauva précipitamment à l'autre bout de la chambre essuyant son sexe mouillé par la salive de Ketty, maintenant confuse.

– « Que tu es cochonne ! » dit Madge en riant.

– Ça ne te plaît pas, pourquoi ? Si tu savais comme on peut bien jouir, je t'embrasserai partout, je te ferai tout ce que tu me demanderas, même les choses les plus vilaines, les plus sales.

La mère de Madge vint interrompre ce colloque qui aurait pu se terminer par une victoire de Ketty.

Cependant Ketty n'avait pas seulement son attention attirée vers les plaisirs saphiques. Elle désirait l'homme surtout depuis le jour, où petite fille sur la plage

elle avait eu sous les yeux, cet objet masculin qui fait rêver tant de jolies petites demoiselles.

Des confidences d'amies mariées lui mettait l'eau à la bouche, encore faut-il entendre celle du mitan comme eût dit un Beroald de Verville.

Jane l'ancienne petite camarade qui avait assisté à la petite scène dans les roches de Brighton était mariée.

Elle conta sa nuit de noce à son amie avec des « Oh ma chère, si tu savais comme c'est bon... ça fait mal tout d'abord, et puis ça entre bien, on croirait mourir de bonheur. »

Sur ces impressions qui incendiaient les sens de la jeune fille se greffa une aventure qui obligea la jeune fille à quitter ses parents.

Ketty n'était pas sans défaut et certain jour que son père lui faisait une remontrance sur son caractère, la jeune fille lui répondit insolemment.

Sur ce le papa se mit dans une colère épouvantable, jura par tous les saints du paradis, et finit par déclarer que rien ne l'empêcherait de trousser cette morveuse, de la déculotter et de la fesser de la bonne manière.

Il voulut malheureusement joindre le geste à la parole. Ketty, qui était une grande fille très pénétrée de sa dignité et qui pour ce motif ne voulait pas recevoir le fouet, lança une gifle à son père, dès qu'elle sentit les mains de celui-ci s'attaquer à ses jupes.

Ce fut une véritable bataille. Ketty eut une crise de nerfs et, le lendemain, quitta le toit de ses parents, avec quatre ou cinq cents francs qu'elle avait d'économie.

La petite n'était point sotte et connaissait l'existence pour ce qu'elle vaut. Aussi, se mit-elle, sans perdre de temps, à la recherche d'une situation qui lui permit de gagner sa vie.

Si Ketty était vicieuse, par éducation et par tempérament, la prostitution lui répugnait. Aussi, se dirigea-t-elle vers ses relations pour essayer de trouver quelque place lucrative.

Elle parlait le français, avait des diplômes de l'Université et jouait du piano ; elle connaissait de plus la dactylographie. Avec ces cordes à son arc, elle espérait bien se débrouiller.

Ce fut comme elle le pensait ; elle vint à Paris et trouva une place de secrétaire

dactylographe chez un journaliste, monsieur Antoine Laponce, homme corpulent et viveur ayant déjà franchi le cap de la cinquantaine.

Monsieur Laponce, qui aimait les bonnes choses sous quelque forme qu'elles se présentent, admira d'un œil de connaisseur, la jolie figure, la taille élancée et la plénitude des formes de la jeune fille.

Aussi, le marché fut-il vite conclu : « 150 F par mois et puis les retours de bâtons », ajouta-t-il avec un sourire entendu.

Ketty était aux anges. Dès le lendemain, elle vint à son travail, qui, à vrai dire, n'était pas très désagréable, quoique un peu délicat pour une demoiselle chaste et bégueule.

Mais, Ketty ne possédait aucun de ces deux défauts et elle s'acquittait avec une curiosité amusée de sa besogne quotidienne.

Monsieur Laponce s'occupait de travaux sur l'érotologie et le travail de Ketty consistait précisément à recopier des passages scabreux sur les plaisirs de l'amour. Elle en apprit de toutes les couleurs ; toutes les anomalies érotiques défilèrent

devant ses yeux, créant dans son cerveau excité des images que la demoiselle réalisait autant que possible le soir dans ses draps blancs, à l'aide d'un doigt habile et délicat.

Le matin, elle arrivait au bureau, ses grands yeux teintés d'un cerne bleuâtre.

– Hé ! hé ! disait Monsieur Laponce, vous avez les yeux bien cernés, Mademoiselle Ketty... Vous avez encore fatigué votre petit amant !

– Mais, non ; que vous êtes ridicule... je n'ai pas d'amant, là !

– Comment, une jolie fille comme vous, n'a pas d'amant, pour faire le soir des polissonneries !

– Non, je vous dis... finissez...

Monsieur Laponce cherchait à l'embrasser dans le cou et Ketty résistait avec gentillesse, mais, aussi, avec énergie, car elle était vierge et ne voulait pas perdre son pucelage avec le gros Monsieur Laponce.

Elle ne tenait pas beaucoup à ce brevet de l'honneur féminin ; mais, encore voulait-elle être dépucelée par un amant gentil, qu'elle aimerait bien, qui lui ferait tout et à qui elle rendrait la pareille sans marchander.

Un jour, Monsieur Laponce se montra plus entreprenant envers la petite Anglaise.

Comme Ketty s'était baissée pour chercher un crayon tombé et que, dans cette posture, elle offrait bien tendues les doubles joues de son postérieur, bien dessiné sous la jupe collante, Monsieur Laponce n'y résista pas ; il se baissa et envoya la main sous les jupes.

Le pantalon de la jeune fille était fendu. Avant qu'elle fût revenue de sa surprise, son patron lui avait introduit un doigt... dans l'ouverture secrète de cet admirable postérieur, qui avait excité par sa posture les désirs de Monsieur Laponce.

Ketty se dégagea et gifla son patron. Il y eut lutte et ce dernier essaya de l'entraîner sur un divan, pour la retrousser et la violer, sans plus de forme de procès, car son excitation était au paroxysme.

Ketty lutta vigoureusement... et, comme l'homme la troussait, déchirait sa culotte, écartait la nudité délicate de ses cuisses, elle empoigna l'outil d'amour que Laponce sortait triomphalement de sa culotte et le tordit. La douleur lui fit lâcher prise et Ketty put se sauver avec son honneur.

Elle ne retourna pas chez son patron. Une amie la recommanda, quelque temps après cette aventure, à Madame de Mustelle, qui n'hésita pas à la donner comme gouvernante à ses filles.

Telle était Miss Ketty Lawreince.

Cette petite biographie était nécessaire pour expliquer au lecteur ce qui va suivre le pourquoi des faiblesses de la chair de Ketty devant la nudité de son élève, Lucette.

***

Ce matin-là, Lucette désirant faire la grasse matinée, annonça à Miss Ketty, quand celle-ci vint la réveiller, qu'elle était malade.

Ketty n'insista pas et vint prévenir sa patronne qui envoya chercher le docteur.

Celui-ci, un vieux médecin de campagne, ausculta la malade et, voyant qu'elle n'avait rien, crut lui jouer un bon tour en inscrivant sur l'ordonnance d'avoir soin de lui administrer un lavement tiède dans la journée.

Madame de Mustelle jeta un coup d'œil sur l'ordonnance et elle se borna à dire :

– Eh bien ! Miss, vous ferez prendre à Lucette ce que le docteur a ordonné. Vous trouverez un irrigateur dans mon cabinet de toilette.

Ketty s'inclina et courut s'emparer de l'instrument, qu'elle descendit faire remplir à la cuisine.

– C'est pour vous ? dit Firmin goguenard, quand il vit l'Anglaise avec le clysopompe.

Ketty ne répondit pas. Elle haussa les épaules ; ce qui fit dire à Alice, qui ne l'aimait pas :

– Penses-tu ; Miss est bien trop pure pour avoir un troufignon. C'est bon pour les gens du commun !

L'instrument armé, Miss Ketty se rendit dans la chambre de Lulu, qui, paresseusement, se vautrait dans son lit.

– Voilà pour vous, Lucette ; c'est le docteur qui l'a dit... Tournez-vous, que je vous le donne ! dit l'Anglaise, en découvrant l'instrument.

Lucette, un peu honteuse, étala devant sa gouvernante un joli petit derrière, bien complaisant, qui ne demandait qu'à se laisser emplir.

Quand l'Anglaise écarta les fesses de son

élève, pour introduire la canule dans l'orifice, ses mains tremblaient tellement qu'elle faillit laisser choir l'instrument.

Lucette, excitée à la seule pensée de montrer son derrière et ses replis, se laissait faire. Elle absorba tout le liquide et allait se disposer à rabattre sa chemise, car elle sentait la bouche de Miss se coller sur ses fesses, le nez fouiller sa raie fessière, cependant qu'une langue agile, passant entre ses cuisses, allait réveiller dans sa cachette rose le petit bouton dispensateur de la volupté.

C'était agréable, certes ; mais, c'est égal, Lucette n'en revenait pas. Quoi, Miss Ketty, si chaste, si guindée, lui léchait le derrière et le devant !

Elle tourna sa jolie frimousse, déjà congestionnée par le plaisir, vers Ketty. Celle-ci, plus pourpre encore que Lucette, leva vers les lèvres de la gamine ses lèvres humides de plaisir.

Lulu ne résista pas à cette invite ; elle se jeta au cou de sa gouvernante et lui pénétra la bouche d'un long baiser.

– Oh ! nous allons bien jouir ! dit Ketty, la voix folle.

– Oui..., dit Lulu, en se tâtant le

ventre... mais, il faut... tu comprends ; c'est ce vilain clystère.

Elle disparut ; puis, revint, la mine satisfaite.

Derrière elle, Ketty s'était agenouillée, cramponnée aux jambes de Lucette, ouvrant les fesses, dévorant l'anus tiède de ses savantes feuilles de rose.

– Oh ! attends... attends... je ne suis pas lavée ! disait Lulu, sans pour cela dérober sa lune.

– Ça ne fait rien... je suis folle... de toi... de ton corps... de tout ce qui est ton corps... rien n'est répugnant de toi... ma chérie... mon amour.

Elles roulèrent sur le lit et les mains de Lucette dégrafaient le corsage de Ketty.

– Je te le ferai aussi, disait Lulu ; donne ton derrière, que je le suce, et ton petit minet, que je le lèche comme tu as léché le mien tout à l'heure !

En un clin d'œil, Ketty fut en pantalon. De la chemise en dentelles ses deux petits seins ronds et durs dardaient leur fraise.

Lucette les prit avec mignardise et les téta doucement, avec de gracieuses mines de baby gourmand.

Jolies dans leurs poses, elles s'embras-

saient, se suçaient les seins, avant de passer au régal savoureux de leur entrecuisse et de leurs fesses blanches et bombées.

– Je voudrais avoir un gros derrière comme le tien. Il est joli ; donne que je l'embrasse.

Ketty se courba, offrant sa lune, que les reins cambrés faisaient paraître plus épanouie.

Lucette embrassa les joues de ce gros derrière ; puis, élargissant la raie, elle découvrit le trou plissé, menu comme une pâquerette rose.

– C'est là que tu m'as embrassée tout à l'heure ; je vais te le faire à mon tour... Tu vois... ma langue entre bien... C'est bon comme cela... Tu me le feras encore tout à l'heure !

Ketty se prêtait à la caresse de Lulu, écrasant ses fesses sur le nez de la petite fille, dont la langue pointue fouillait l'ouverture de son joli cul, que les mains des Grâces semblaient avoir arrondi.

Mais, ces préliminaires ne tardèrent pas à indiquer à la maîtresse et à l'élève la voie véritable de la volupté.

Ketty, qui aimait donner et recevoir les

caresses, proposa une posture qu'elle avait vu sur une gravure libertine.

Elle s'allongea sur le dos et recommanda à Lucette de s'étendre sur elle, tête bêche, de façon telle que le conin de la petite fille se trouvait sur la bouche de l'Anglaise et, par contre, le conin de Ketty se trouvait à la portée des lèvres de Lucette.

Elles opérèrent en même temps et les deux langues agiles se mirent à frétiller sur les petits boutons roses de deux clitoris très disposés à jouir.

Elles accéléraient ou ralentissaient les coups de langue, l'une et l'autre guidées par les frémissements des cuisses qu'elles serraient dans leurs bras potelés.

– Ah ! ha... je vais jouir... je vais jou... ir, haletait Ketty.

– Jouissons ensemble, répondit Lulu, la voix entrecoupée par les ondes du plaisir qui montaient en elle... Jouissons ensemble... je sens que ça vient... oh ! oui... un peu plus vite... ça vient... ça vient... aah... ça y est !

Elles mêlèrent leurs cris et leur bouche s'emplissait de l'onctueuse cyprine que les parois des gentilles vulves distillaient.

bonne heure et courut dans le lit de son Anglaise.

Il était vide ; Miss Ketty s'était levée de très bonne heure, pour aller jusqu'à Angers, chercher des livres dont elle avait besoin.

Lulu, qui s'était très excitée en pensant à la séance de la veille, fut fort dépitée.

Maintenant, qu'elle avait pris la bonne habitude de s'amuser avec une partenaire, elle n'éprouvait aucun goût pour les petites branlettes qu'autrefois elle ne dédaignait pas de s'octroyer, soit dans son lit, soit dans la solitude discrète des water-closets.

– Ah, quelle méchante ! dit-elle.

Puis, elle se recoucha, rêvant de polissonnerie, de minettes et de feuilles de rose... et personne sous la main pour calmer cette ardeur irritante, qui dévorait la fente rose de sa vulve imberbe.

– Si Alice marchait, pensa-t-elle... ou bien si... oh... non, elle ne marchera pas... pourtant, elle est vicieuse... elle m'a dit que cela lui faisait tout drôle quand Alice la fouettait !

Elle, en l'occurrence, celle à qui pensait Lulu, n'était autre que cette espiègle de

Marcelle, sa sœur, dont la beauté brune troublait, en ce moment, l'imagination de la vicieuse enfant.

Elle entendit, à ce moment, un prout musical que, dans la pièce à côté, Marcelle venait de lâcher avec son derrière.

Cette polissonnerie incongrue la décida ; elle appela :

– Marcelle !

– Quoi ?

– Viens voir, dans mon lit, il fait bien chaud ; et puis, si tu veux bavarder de ce côté, je peux te donner la réponse.

Marcelle se mit à rire et accourut, ses longs cheveux bruns dénoués, se coucher dans le lit de Lucette.

– Ouf ! Qu'on est bien ! Elle se pelotonna contre sa sœur et leur chaleur se confondit, une chaleur moite, qui allumait des désirs dans les endroits les plus secrets de leur corps.

Lucette parla la première.

– Laisse-toi faire, dit-elle à sa sœur ; surtout, ne le dis pas à maman !

Elle se glissa au fond du lit, écarta les cuisses de Marcelle, qui se laissait faire complaisamment, et sa langue frétilla sur le minet de la petite fille, une toute petite

fente rose au bas du ventre gentiment offert.

– Oh ! qu'est-ce que tu fais là ?... c'est bon... ça me donne envie de faire pipi... Oh ! encore, Lulu... oh ! encore !

La petite fille se tordait sous les minettes de Lucette et, en une dizaine de coups de langue, elle jouit en se trémoussant et en serrant très fort la tête de sa sœur entre ses cuisses nerveuses.

– Tourne-toi, dit Lucette.

Marcelle obéit sans se faire prier. Lucette écarta les fesses de la mignonne et lécha l'anus très brun de la petite.

Marcelle, ravie de cette caresse, riait, chatouillée, et tendait les reins, écartant elle-même ses fesses à pleines mains, pour permettre à Lucette de bien pointer sa langue dans son trou mignon.

A ce moment, un pas dans l'escalier vint interrompre cette charmante partie.

Les deux petites filles prirent une attitude normale.

Alice entra ; elle inspecta le lit. L'odeur forte de la jouissance des gamines lui monta au nez.

– Vous vous êtes branlées toutes les deux ; c'est du joli... enfin, ça ne me

regarde pas... seulement le jour où j'aurai besoin de vous pour me lécher entre les jambes, faudra pas rechigner. Sans cela, je le dis à votre mère et vous verrez dans quel état elle vous mettra les fesses !

Les deux gamines, confuses, promirent à Alice tout ce qu'elle voulut et celle-ci les habilla en les prévenant qu'elle ne tarderait pas à les mettre à l'épreuve.

CHAPITRE QUATRIÈME

Monsieur de Boëme
et sir Archibald se révèlent.
Ils poursuivent de leurs assiduités
les deux fillettes.
Un observatoire peu banal.
Défilé de postérieurs féminins.

A part les petits jeux polissons auxquels tous les habitants du château s'adonnaient en cachette, la vie s'écoulait avec monotonie.

Aussi, apprit-on avec joie qu'un lord anglais, sir Archibald, allait venir passer quelques jours dans les terres de Madame de Mustelle.

– Chouette ! dit Lucette irrévérencieuse, on va un peu voir la bobine de celui-là !

Sir Archibald, précédé de nombreux bagages, arriva le surlendemain.

C'était un grand Anglais, correct et fashionable ; il pouvait avoir 50 ans, mais n'en paraissait guère que 40, tant sa robuste constitution le maintenait jeune.

Il connaissait déjà Monsieur de Boëme,

pour l'avoir vu à la cour d'Autriche, et cette rencontre parut agréable aux deux hommes, car l'on chuchotait que leur amitié avait pris naissance dans une orgie à Vienne, au cours de laquelle les hommes se confondirent avec les hommes et les femmes avec les femmes.

Une grande dame viennoise n'avait même pas craint, au cours de cette petite soirée intime, de se livrer à trois hommes à la fois, l'un lui mettant sa queue dans la bouche, l'autre occupant la voie naturelle et le troisième enculant sans vergogne le postérieur de la patricienne.

Dès que sir Archibald fut installé dans les appartements que Madame de Mustelle lui avait réservés, Monsieur de Boëme prit soin de le mettre au courant de sa liaison, pour le prévenir discrètement que la place était prise et qu'il tenait essentiellement à la garder.

– Mon cher, dit-il cependant, pour donner de l'espoir à l'autre, je crois que vous ne vous embêterez pas ici ; il y a deux gosses ravissantes, l'une de 14 ans, l'autre de 11. Si vous aimez les primeurs et que vous sachiez vous y prendre, je crois que vous ne tarderez pas à devenir un heureux mortel

dans toute l'acception du terme... et puis, il y a aussi une petite Anglaise charmante... elle ne doit pas être farouche non plus ; en tout cas, c'est vraiment une jolie créature.

Sir Archibald, grand coureur de femmes et maniaque de l'amour, ne tenait pas du tout à s'offrir les faveurs de la châtelaine. Il aimait les amours compliquées et son fétichisme s'adressait à cette partie de l'anatomie féminine où la nature fut si prodigue et que le vulgaire dénomme brièvement : le cul.

Oh ! le derrière des jeunes filles, des jeunes femmes, sir Archibald en rêvait la nuit et l'exaspération de sa sensualité lui faisait adorer l'anus féminin dans des caresses et dans des plaisirs, plaisirs plus qu'étranges, voir dégoûtants, si toutefois, en amour, quelque chose peut être répugnant.

– Il faut vivre librement ses vices, avait-il coutume de dire ; un vice n'est réellement dangereux et ignoble que le jour où il met en échec les autres facultés de l'individu qui le pratique. Ainsi, moi, j'ai été jusqu'à adorer la femme dans l'accomplissement de ses plus basses fonctions naturelles ; cependant, mon vice me

laisse l'intégralité de la raison et je m'affole au-delà de toute limite au moment seul où ma bouche entre en contact avec l'ampleur délicate d'un joli fessier !

Cette philosophie était la sienne et en effet sa vie publique ne se ressentait nullement des horreurs clandestines qu'il perpétrait dans les chambres discrètes des maisons de passe ou dans l'alcôve de mondaines complaisantes.

Car des femmes du monde se prêtèrent à sa fantaisie ; une princesse russe, jolie blonde perverse et curieuse d'anomalies érotiques satisfit à ses caprices et combla d'aise le maniaque.

Il avait fait avaler à la jeune femme une douzaine de dragées, cela se passait à Monte-Carlo dans la villa de sir Archibald. La belle évaporée avait donc avalé sa douzaine de bonbons, puis sur la recommandation de l'Anglais elle avait absorbé une purge efficace... dont le résultat fut qu'une heure après, la belle accroupie dans un bosquet du parc, se soulageait sur l'herbe cependant que son adorateur, à plat ventre derrière, attendait les dragées au passage pour les croquer avec délice, affirmant que le goût spécial qu'elles avaient acquis dans

imaginer dans toutes les postures qui pussent lui affirmer que ces mignonnes étaient soumises aux mêmes lois naturelles que les autres jeunes filles.

Hé, oui ! Lucette et Marcelle, en dépit de leurs jolies robes et de leurs charmants minois, étaient comme les autres.

Elles mangeaient de bon appétit, faisaient pipi et même autre chose, tout comme les petites paysannes qui s'accroupissaient derrière les murs, sans se soucier de montrer leur cul brenneux et malodorant.

***

Depuis huit jours, sir Archibald, chauffé à blanc par les allures libres et provocantes des deux petites filles, cherchait vainement le moyen de saisir l'une d'elles, – surtout Lucette, – dans un petit coin et, là, de l'amener, tout doucement, à satisfaire ses goûts.

– Satanée gosse, disait-il en parlant de Lulu, c'est comme un poisson ; on croit la tenir, elle vous allume, et puis... pfuit, elle vous échappe tout d'un coup.

C'était scrupuleusement vrai.

Chaque jour, sir Archibald poursuivait l'une ou l'autre des deux petites filles ; il offrait des bonbons, essayait de provoquer des confidences scabreuses.

Une fois qu'il se promenait dans le parc du château, au détour d'une allée de seringas, il entendit un chuchotis, des soupirs et un bruit de baisers sur la chair nue.

Son sang ne fit qu'un tour ! A pas de loup il s'approcha essayant de voir, mais une brindille de bois mort qui craqua sous sa botte révéla sa présence et quand il put apercevoir la scène, il n'était plus temps.

Lucette était assise sur l'herbe, et à ses côtés se tenait Raymonde Duloy, la fille du notaire de Madame de Mustelle.

C'était une grande brune ni jolie ni laide, mais avec de beaux yeux vicieux qui donnaient un charme très grand à son visage qu'une bouche un peu grande ne déparait pas trop.

Elle avait dix-sept ans et sans aucun doute cette polissonne de Lulu était sa gougnotte. De cela sir Archibald ne pouvait douter... ce bruit de baisers, ces soupirs... tout cela était trop révélateur. Sûrement les deux friponnes venaient de se faire minette ou de se branler.

– Eh bien, mignonnes, dit sir Archibald, qu'est-ce que l'on fait là... des polissonneries... continuez il ne faut pas que ma présence vous dérange... allez je ne dirai rien !

Ses yeux luisaient d'une flamme d'obscénité.

Lucette se mit à rire, tandis que Raymonde piquait un fard de la tête aux pieds.

– Oh Monsieur ! dit la malicieuse en baissant pudiquement les paupières.

Ainsi, elle était gentille à croquer. L'Anglais s'assit à côté d'elle et à travers l'étoffe ses mains se promenèrent sur la croupe de Lucette.

– Oh finissez, Monsieur... que faites-vous là ! dit Lulu qui ne se défendait pas trop et qui, tout au contraire, semblait provoquer l'Anglais, en lui coulant un long regard prometteur.

– Faire avec vous, ce que vous faisiez tout à l'heure avec votre amie, murmura l'autre, qui croyait être arrivé au but où tendaient ses désirs.

Mais Lucette s'était levée d'un bond. Elle foudroya Archibald d'un regard de femme outragée et s'en alla avec Raymonde.

En partant elle doucha son amoureux trop entreprenant d'une phrase glaciale :

– Je ne comprends pas, Monsieur, ce que vous voulez dire. A qui donc croyez-vous parler ?

Quand elles eurent disparu, le gentleman se rongea les poings de fureur.

– Elle marche, rageait-il, j'en suis sûr, elle marche, cette péronnelle joue à la coquette avec moi, je voudrais être seul avec elle pendant dix minutes pour la fouetter de la bonne manière, après cela elle serait souple comme un gant !

Mais, en attendant, comme il ne pouvait pas fouetter Lucette, il rentra vers le château en échafaudant des combinaisons plus invraisemblables les unes que les autres.

Comme il longeait les communs, un besoin pressant le fit entrer dans le « buen retiro » du château.

La construction, comme nous l'avons dit, était très ancienne et les lieux d'aisances se trouvaient dans la cour à côté du cellier.

Quand sir Archibald sortit de ce petit endroit, son visage était rayonnant. Il avait remarqué une ouverture cachée dans l'ombre et qui pouvait permettre à un spectateur placé dans le cellier de voir tout ce qui se passait dans les water-closets.

Il alla inspecter le cellier, et vit en effet derrière de vieux tonneaux où il se dissimula une ouverture grande comme une pièce de cent sous et qui placée derrière le siège des cabinets permettait de voir dans tous ses détails la personne qui venait s'y asseoir.

Puisqu'il se trouvait à son poste d'observation, sir Archibald attendit patiemment que le hasard le favorisât d'un beau derrière féminin s'abandonnant sans retenue à la fonction pour laquelle somme toute il était créé.

Il attendit une heure... une heure et demie... puis un pas précipité fit battre son cœur, la porte s'ouvrit et miss Ketty, sa délicieuse compatriote, fit son entrée dans le petit coin dont elle verrouilla prudemment la porte.

Alors, sir Archibald assista à un spectacle des plus suggestifs en dépit du cadre qui l'entourait.

Ketty relevait vivement ses robes et ses jupons, écartait précipitamment l'ouverture de sa culotte et mettait à l'air un joli fessier blanc et rose qu'elle posa précipitamment sur la lunette.

Sir Archibald entendit deux ou trois

petits bruits assez semblables à ceux que l'on peut faire en soufflant dans le goulot d'une bouteille vide... puis la main fine de Ketty chercha du papier, de nouveau l'Anglais put contempler le derrière dont l'orifice aperçu entre les fesses était légèrement barbouillé par la pâte excrémentielle.

La jolie fille se torcha proprement, tira sa chemise, baissa ses jupes et sortit très à l'aise sans se douter une seconde qu'elle venait de se donner en spectacle à un homme, dont les passions ne reculaient devant rien.

La cloche du château appelait les convives au dîner.

Monsieur Archibald, dont la queue bandée dérangeait les plis de sa culotte de cheval, dut abandonner la place, pour se rendre à cet appel.

Mais, en quittant sa cachette, il se promit bien de revenir, pour jouir encore de spectacles aussi affriolants.

***

Le dîner terminé, il prétexta un malaise, pour ne pas accompagner Madame de Mustelle et Monsieur de Boëme à la chasse.

Comme il savait que les enfants devaient rester dans le parc avec leur amie Raymonde, il résolut de se rendre à son poste d'observation et d'attendre patiemment que l'occasion le favorisât de la vue et... de l'odeur d'un postérieur de fillette ou de femme.

Un pas... et une femme entra ; c'était Alice, la femme de chambre.

La scène de la matinée se renouvela. Sir Archibald vit le cul potelé de la grande brune et l'entendit pisser, car celle-là venait pour un petit besoin ; ce qui ne l'empêcha pas de se soulager le ventre en lâchant un gros pet, dont l'odeur ne fut pas perdue pour sir Archibald.

Alice partit, il attendit une heure avec une patience dont il fut bien récompensé, car Marcelle fit son entrée, ferma la porte et se mit bravement à retrousser ses jupettes et à découlisser son coquet petit pantalon.

Chemise haut levée, son petit cul bien arrondi, les fesses très écartées, laissant voir le trou plissé de sa gentille lune, elle grimpa sur le siège.

Dans cette posture accroupie, exagérant l'évasement de ses fesses, la mignonne se laissait voir en plein. Aussi, l'Anglais,

congestionné de luxure, vit-il parfaitement l'opération.

Marcelle, qui poussait de toutes ses forces, fit d'abord un joli petit pet, qui ouvrit l'œillet brun de son derrière ; puis, un long boudin jaunâtre jaillit d'un seul coup et vint s'abattre dans la lunette.

Marcelle resta encore un moment accroupie ; puis, comme rien ne venait plus, elle s'essuya soigneusement, fit manœuvrer la chasse d'eau et retourna rejoindre sa compagne.

Cette fois-ci, sir Archibald fut obligé de se masturber ; ce qu'il fit, en pensant à Lucette, dont il n'avait pas vu le derrière.

Il revint, huit jours de suite, à son poste ; mais, le hasard déjouant ses calculs, ne lui permit pas de contempler la charmante Lulu dans la posture où il avait vu sa sœur.

CHAPITRE CINQUIÈME

Sir Archibald poursuit toujours Lucette.
Un demi-triomphe qui s'achève
par une impertinence bien... sentie.
Marcelle offre des compensations.

– Mes compliments, Mademoiselle Lulu, vous êtes ravissante, ce matin.

Ainsi s'adressait sir Archibald à Lucette de Mustelle. De fait, la fillette méritait ce compliment.

Quoique très formée, elle portait toujours des robes très courtes. Ce jour-là, elle portait une chemisette et une jupe de piqué blanc, qui la rendaient charmante et gentille à croquer. La fillette, coquette et flattée du compliment, minauda :

– Oui... n'est-ce pas ?... Je suis très contente de Dufour, le couturier de maman ; je l'ai fait faire avant de partir, vous pensez bien, dans « un pays de sauvages, il ne peut être question de se faire habiller ».

– Vraiment, Lucette, vous êtes tout à fait femme dans cette toilette et je ne sais ce qui me retient de vous faire la cour !

La fillette sourit et glissa vers l'Anglais un regard complice qui en disait long.

– Oui c'est cela... faites-moi la cour... je vous prends comme flirt... ça va être amusant.

– Mais vous savez, Lulu, dit Archibald qui saisit la balle au fond, je flirte à l'américaine !

– C'est-à-dire ?

– C'est-à-dire que ça peut aller très loin... en général on se permet tout... sauf... le... le but principal du mariage.

– Que vous êtes amusant, dit Lucette, eh bien continuez vous êtes dans la bonne voie.

La scène se passait dans le boudoir de Madame de Mustelle qui était partie à Angers avec Monsieur de Boëme.

Archibald et Lucette étaient seuls dans le château sauf les domestiques qui ne comptaient pas, puisque l'Anglaise était partie en excursion avec Marcelle.

Lulu en tête à tête avec sir Archibald n'était pas inquiète. Elle trouvait cette situation piquante et comme elle était déjà

blasée sur les séances de gougnottage entre elle, sa sœur, Raymonde et Ketty... voire Alice qui avait obligé la fillette à la branler et à lui faire minette, elle était très heureuse, dans le fond, d'essayer quelques petites caresses bien perverses avec ce gentleman qui avait l'air si cochon.

Allongée sur une chaise longue dans une posture provocante, elle avait pris soin de relever un peu sa jupe pour bien montrer les dentelles de prix qui ornaient le bas de ses pantalons.

– Alors... vous dites que dans le flirt à l'américaine on peut se permettre beaucoup de choses ?

– A peu près tout !

– Mais... enfin... pour commencer ?... Son regard langoureux se perdait dans le vide.

– Tenez... ma chérie... on peut commencer par cela !

Et avant que Lulu soit revenue de sa surprise, l'Anglais était assis à côté d'elle et sa main fureteuse fouillait les jupes de la fillette essayant vainement de trouver la fente du pantalon... fermée.

– Laissez-moi, laissez-moi ! soupirait Lucette tout bas... si l'on venait... oh vous me touchez... là ?... attendez au moins !...

– Attendre quoi, ma chérie ?... il n'y a pas de danger !

– Attendez au moins, dit Lucette malicieusement que je découlisse mon pantalon... comme cela vous pourrez toucher, voir et... sentir.

Preste elle se déculotta et toujours couchée sur le dos, elle se prêta docilement aux mains fébriles qui la troussaient, découvrant l'aristocratique nudité de ses cuisses, de son ventre... de son sexe mignard et charnu où le clitoris pointait son petit pois rose, tout en haut à la commissure des délicates lèvres sexuelles.

– Que c'est mignon ! soupira sir Archibald en extase devant le charmant minet où quelques poils blonds commençaient à indiquer la puberté.

Lucette souriante et pâmée comme une petite femme amoureuse écartait ses cuisses tant qu'elle pouvait pour permettre à Archibald de se régaler de la vue de sa désirable vulvette.

– Ma chérie... ma chérie, balbutiait Archibald... laissez-moi vous embrasser là... sur votre rose d'amour... car c'est tout à fait une rose par la fraîcheur et le velouté !

Il embrassa la fente sexuelle.

Lucette se tourna un peu sur le côté présentant ses fesses.

Archibald qui adorait encore plus cette partie du corps de la fillette, les entr'ouvrit.

– Oh, Lulu... qu'il est mignon... je vois votre petit œillet... là, caché dans la belle raie blonde de votre lune !

– C'est mon trou du cul que vous appelez comme cela ? dit Lucette, en appuyant polissonnement sur le mot grossier.

– Oui, Lulu... mais, ne dites pas ce mot-là... c'est vilain.

– Et vous, ce que vous faites, est-ce propre ?

Mais, sir Archibald ne voulait plus parler ; il couvrait de baisers fous les tendres chairs de la pucelle, au hasard des lèvres... goulûment.

Sa bouche se promenait sur le ventre blanc taché par le nombril, sur la rose... sur les fesses rondes et dans la raie aux ombres mystérieuses.

Grisée par cette amour, Lucette se laissait faire, s'écartait, s'entr'ouvrait toute, tant qu'elle pouvait, ronronnante comme une petite chatte à la recherche d'un matou.

L'Anglais, désirait affoler la fillette de jouissance, pour qu'elle se prêtât mieux à ses volontés érotiques, lui écarta les cuisses de nouveau et se mit gentiment à lui faire minette.

Au bout de trois ou quatre coups de langue sur le boutonnet déjà raidi, Lucette l'arrêta et serra les cuisses :

– Non, pas ça !...

– Alors, que voulez-vous ?... Je ferai tout ce qu'il vous plaira, mon amour !

– Faites-moi ça... mais, de l'autre côté... par derrière... c'est plus cochon ! dit-elle, en feignant une grande confusion.

Sir Archibald était aux anges ; la petite allait d'elle-même au-devant de ses caprices.

– Agenouillez-vous... à quatre pattes... c'est cela... tendez bien votre derrière.

Lucette lui obéit, tendit sa lune... écartant elle-même, à pleines mains, ses deux joues fessières.

Archibald darda sa langue, essayant de pénétrer dans l'orifice découvert.

Soudain, comme il forçait la gentille pâquerette de l'anus de Lucette, celle-ci eut un joli rire, un rire inextinguible, qui eut sa répercussion à l'autre bout, si l'on peut dire.

Était-ce la posture tendue qu'elle occupait ?... Était-ce pure espièglerie ?... Toujours est-il qu'elle s'oublia et d'une manière qui ne fut ni modeste par l'odeur et par le bruit.

Sir Archibald, qui reçut la détonation et la brise odorante en plein visage, se recula, un peu estomaqué, bien qu'il ne détestât pas ce genre de plaisanterie.

Ce calcul lui fut néfaste, car Lucette, rabattant ses jupes, s'échappa en deux bonds, laissant son galant morfondu et dépité.

Par la fenêtre entr'ouverte, sir Archibald, pas encore revenu de sa surprise, entendait le rire clair de l'incongrue, qui se félicitait de cette farce, délicieuse à son goût.

***

Encore une fois, au moment même où il croyait triompher, la diabolique gamine lui échappait, après avoir, à son insu, presque compris les goûts de sir Archibald.

– Je l'aurai ! Je l'aurai ! rageait-il. Et, maintenant, ce n'était plus un jouet

complaisant, pour des cochonneries superficielles, qu'il demandait ; il voulait posséder la gamine, défoncer cette chair pucelle et décharger dans ce joli corps soumis à son étreinte les ressources abondantes dont l'excédent gonflait, en ce moment même, la colonne bandée de son priape.

Dépuceler cette fille vicieuse, par devant, par derrière, jouir dans sa bouche, dans toutes les ouvertures naturelles de son corps de Tanagra, c'était cela que voulait Archibald.

Pour la première fois de sa vie, l'Anglais, si froid, même dans son érotisme cérébral et compliqué, s'emballait à fond sur cette petite Parisienne jolie, perverse, provocante et dont les allures devaient damner tous les hommes sans exception.

De son côté, Lucette pensait toujours à sir Archibald ; mais, elle évitait de le rencontrer.

Elle sentait confusément, dans sa logique de petite fille précoce et roublarde, que les petits jeux indécents avec un monsieur étaient plus dangereux qu'avec une fille.

« Il commencera par me lécher partout,

pensait-elle ; et puis, tout d'un coup... paf, il m'enfoncera le ventre ou le trou du derrière, comme Monsieur de Boëme l'a fait à maman. »

Considérant l'étroitesse de ces deux ouvertures et se rappelant des anecdotes de bonniches ayant perdu leur pucelage, comme elle était douillette, elle craignait la douleur d'un premier essai de l'amour normal.

Et puis, somme toute, c'était une petite fille et, bien qu'elle fût instruite de tout et crâneuse devant le monde, l'homme et le mystère de la fécondité l'émotionnaient plus qu'elle ne voulait se l'avouer à elle-même par orgueil.

En ce moment, elle avait un caprice pour Alice. Cette grande brune lui plaisait, et par sa jolie chair et par les expressions canailles dont elle soulignait les jeux de l'amour.

Ce dévergondage salace et pimenté reposait Lulu de la douceur sucrée de son Anglaise.

– Alice, c'est du poivre rouge et Ketty, c'est du miel blond comme ses cheveux ! avait-elle coutume de dire, en parlant de ses deux gougnottes.

De ce fait qu'elle passait une grande partie de son temps avec la langue entre les cuisses ou les fesses d'Alice, Lulu avait déjà oublié sir Archibald, qui n'avait plus comme consolation que celle, toute platonique, de contempler, dans sa cachette, les femmes qui allaient aux cabinets.

De cette façon, il connut les charmes de toutes... Lulu, Marcelle, Raymonde, Alice et Madame de Mustelle elle-même se donnèrent en spectacle avec un sans-gêne, que la solitude spéciale du lieu excusait d'ailleurs.

Mais, ce n'était pas suffisant et sir Archibald était comme ce pauvre clerc de Rabelais qui dînait tous les soirs d'un morceau de pain... et de la fumée des viandes qu'il respirait à la porte d'une rôtisserie.

Ne pouvant avoir Lucette, il tourna ses regards vers Marcelle.

– Celle-ci est plus naïve, se dit-il ; elle marchera dans mes vues.

Il ne se trompait pas. Il poursuivit la fillette dans tous les coins.

Marcelle, très flattée qu'un homme s'occupât d'elle, encourageait ses entreprises et ne repoussait pas les mains fureteuses qui cherchaient toujours à relever ses jupes.

Il fallait trouver l'occasion, seulement l'occasion, et sir Archibald pouvait, cette fois-ci, toucher et embrasser à son aise les grâces secrètes qu'il n'avait fait que de contempler. Le démon Maulubec, qui favorise les entreprises de la chair, leur fournit à tous deux cette occasion, qu'ils cherchaient tant.

Sir Archibald obtint de Madame de Mustelle la permission d'emmener Marcelle dans la forêt, pour lui faire voir et l'initier à la chasse aux blaireaux.

C'était un bel après-midi. Les deux compagnons partirent dans la forêt ; mais, sir Archibald, au lieu de conduire la fillette devant les gîtes de ces intéressants animaux, s'empressa de la conduire dans un petit pavillon de chasse abandonné, où personne ne mettait jamais les pieds.

– Voilà, mignonne ; nous sommes bien seuls... c'est le moment de faire voir ces jolies choses qu'on cache là-dessous.

Il montrait les jupes.

Puis, il raconta à Marcelle, très amusée, comme il lui avait déjà vu le derrière, lui réclamant le secret de sa cachette.

– Ça ne vous dégoûtait donc pas de me voir faire *ça* ?

Comme elle sentait la pine aller plus vite dans sa bouche, elle introduisit son index le plus loin qu'elle put dans l'anus de sir Archibald.

Aussitôt, celui-ci se crispa, la pine eut deux ou trois soubresauts et, en trois saccades, le sperme chaud et onctueux emplit la bouche de la fillette, débordant par les commissures des lèvres.

– Avale !

Les yeux hagards, folle elle aussi par l'érotisme qui se dégageait de cette scène, la petite avala toute la crème blanche dont sa bouche était pleine.

Puis, passant une langue de chatte sur ses lèvres humides encore de la jouissance masculine, elle montra qu'elle prenait goût ainsi à ce sirop d'un nouveau genre.

La bouche suceuse de Marcelle avait épuisé sir Archibald.

Il fit quelques douces feuilles de rose au postérieur de la mignonne, pour la remercier, et chacun répara le désordre de sa toilette, lui surtout dont la chevelure avait été inondée par le pipi de la petite.

Ils reprirent le chemin du château, en se promettant de recommencer cette petite opération.

A table, Madame de Mustelle demanda à sa fille si elle avait vu les trous de blaireau.

– Oui, maman, répondit la malicieuse fillette ; c'est moi qui les ai fait voir à sir Archibald... il y en avait deux, l'un à côté de l'autre, un tout petit et un plus grand.

CHAPITRE SIXIÈME

Lucette fait des avances.
Presque les doigts aux clefs... Trop tard !
Le sacrifice est consommé
ou la double défloration
de Mademoiselle de Mustelle.

– Ah ! sir Archibald, vous me faites des infidélités !... Ce n'est pas bien.

Provocante, souple, féline et insolente, Lucette apostrophait ainsi le gentleman qui lui tenait compagnie dans la chambre de sa mère.

Celle-ci, toujours baisée, surbaisée et sodomisée par Monsieur de Boëme, avait pris le train avec ce dernier, pour faire un tour à Paris.

L'air de la capitale manquait à la mondaine et, comme elle avait l'intention de courir les maisons de rendez-vous avec son amant, elle avait jugé bon de laisser ses deux filles sous la garde de Miss Ketty.

Belle surveillance, en vérité ! Miss Ketty, qui avait un béguin pour le valet de

chambre, Firmin, se faisait baiser par lui toute la journée.

Elle s'était entendue avec Alice, qu'elle gougnottait, et c'était des parties à trois dans la chambre de bonne, où les deux complices, Firmin et Alice, s'entendaient pour abuser de la merveilleuse complaisance de l'Anglaise.

C'est ainsi qu'Alice se faisait faire feuille de rose par la blonde jeune fille, alors qu'elle sortait des cabinets... Ketty, point répugnante, léchant le petit trou brun et les fesses de la bonniche, presque toujours collées par la pâte excrémentielle.

Pendant qu'elle officiait, Firmin la baisait ou l'enculait ; il préférait ce dernier plaisir, car la pénétration de sa grosse pine dans le fondement de Ketty faisait pousser des cris de douleur à la patiente vicieuse.

La douleur qu'il causait en défonçant le gracieux fessier de l'Anglaise excitait Firmin et il conviait Alice à regarder de près sa pine, qui entrait et ressortait dans l'anus rose dilaté outre mesure.

Pendant que les surveillantes s'amusaient ainsi dans l'aile droite du château, les enfants, dans l'aile gauche, s'amusaient à leur façon.

C'est ainsi que Lucette, lasse de gougnotter sa sœur, lasse de gougnotter Raymonde, qui, maintenant, se faisait lécher par Marcelle, tourna les yeux et, cette fois, sérieusement vers sir Archibald, qui était le seul pouvant lui fournir des sensations nouvelles.

La mignonne Lulu était fière de son corps, surtout depuis huit jours. Un matin, un flot de sang avait maculé sa chemise et elle s'était révélée femme. Femme à 14 ans, d'une solide constitution, elle aspirait à des joies charnelles plus solides que les blandices dont les filles complaisantes l'énervaient.

– Tant pis si j'arrive dépucelée au mariage, disait-elle ; ma mère me plaque, je m'ennuie et mon chat commence à se garnir de poil. C'est singulier comme il a poussé en un mois !

On était à la fin des vacances et, sachant que bientôt elle rentrait au lycée, elle résolut de mettre les bouchées doubles et, plus provocante que jamais, elle attaqua le noble lord.

Sir Archibald, voyant un revirement dans l'esprit fantasque de Lucette de Mustelle, se mit de nouveau à courir après ses jupes et à soupirer derrière la jouvencelle.

Il se reprit à espérer et, en effet, la conduite de Lulu donnait tout lieu de croire qu'il ne tarderait pas à arriver à un bon résultat.

Tous les jours, il se tenait dans la chambre de Madame de Mustelle et il excitait Lucette par des boniments incendiaires, qui avaient pour premier effet de le faire bander lui-même, à tel point que Lucette s'en apercevait.

Cet après-midi d'automne, lourd et voluptueux, Lucette apostropha le gentleman, cherchant elle-même une action décisive, car sir Archibald était devenu prudent depuis le jour où Lulu avait agi vis-à-vis de lui d'une manière irrévérencieuse.

– Je ne vous délaisse pas, ma chère amie – il affectait de lui parler comme à une grande fille... mais, avouez que vous êtes déconcertante.

– J'ai changé d'avis, dit Lucette, et je vous demande pardon pour le... pour, enfin, ce que je vous ai fait l'autre jour.

– C'est tout pardonné, ma chérie, d'autant plus que le souffle de votre derrière ne me déplaisait point... c'est, après tout, le parfum le plus secret de ce beau corps que j'idolâtre.

– Le parfum de l'œillet brun, comme vous appelez cela, je crois, dit Lucette, en faisant sa petite chatte.

Sir Archibald, mis hors de lui par la gentillesse de la jeune fille, s'approcha d'elle et, câlinement, il la prit dans ses bras.

Lucette se laissa faire et elle ne détourna pas sa bouche quand la langue de l'Anglais la pénétra dans un baiser, qui desserra la rangée de perles de ses ravissantes quenottes.

– Comme vous embrassez bien... faites-le encore... Aah... votre baiser fond dans mon cœur... Si vous saviez comme cela me fait drôle... Aah... m'ami !... puis, en cachant sa figure, elle avoua : Depuis huit jours... embrassez-moi encore... je suis femme !

Rougissante de cet aveu, la vierge se blottit dans l'épaule de l'homme qu'elle désirait...

Ce n'était plus la petite fille insolente et vicieuse, mais une femme amoureuse, désirant se donner toute, sans restriction.

Archibald était aux anges.

Il prit sa petite amie, sa petite femme, dans ses bras et la porta sur le grand lit bas de Madame de Mustelle, non sans remar-

quer combien il était piquant de dépuceler la fille dans le lit de la mère.

Avec des soins de soubrette diligente, il dévêtit la fillette, dont le corps nu, d'une ligne impeccable, apparut bientôt, émergeant radieux de l'amas somptueux des dessous écroulés.

– Déshabille-toi aussi ! commanda Lucette, qui le tutoyait tout à coup.

Archibald était bien fait ; la pratique constante des sports athlétiques l'avait maintenu dans une ligne parfaite.

Il apparut bientôt dans sa nudité, une nudité robuste et géante, où les muscles jouaient sous la peau étonnamment fine de l'homme blanc.

Couché à côté de Lucette, sûr de n'être point dérangé, il s'amusa aux bagatelles de la porte, attardant ses lèvres sur le gracieux corps féminin, partout où la peau était douce, chaude et ambrée.

Ainsi sa langue frétilla sous les aisselles, sur la pointe des petits nénés turgides, entre les cuisses fuselées, sur la virginité rose, entre les fesses charnues, cherchant la fine muqueuse de l'orifice du temple de Sodome.

Lucette, charmée, se donnant toute,

ensorcelée pour la première fois par le mâle, se laissait faire, laissant errer une main timide sur la virilité de son amant, une virilité longue, énorme, monstrueuse, quand elle se disait que, tout à l'heure, *cette chose* allait pénétrer en elle profondément.

Ce fut elle-même qui s'offrit, le regard languide, les cuisses largement ouvertes et sa fente d'amour épanouie.

Archibald, voyant ce que la petite voulait, remit à plus tard la satisfaction de ses vices secrets et, se plaçant entre les jambes de Lucette, il s'apprêta à lui ravir ce pucelage qui la gênait si fort.

– Vous allez me faire mal... j'ai peur !

– Non, ma mimi ; ce n'est rien. Attends, je vais préparer la voie.

Et il se coucha et commença à faire minette, pour lubrifier le plus possible le charmant conin. Quand il sentit sous la langue la vulve se dilater et ses parois roses devenir onctueuses, il se redressa et, tenant son outil d'une main, il s'allongea, pointant le gland sur la porte qu'il devait rompre.

Très écartée, Lucette sentit la queue passer entre ses grandes lèvres et elle tressaillit de la nuque aux talons.

Sur une première poussée, la colonne de chair pénétra un peu ; puis, sentant de la résistance, le bélier d'amour précipita ses coups.

Alors, Lucette jeta un cri :

– Oh ! vous me faites mal !

Sans répondre, Archibald, maintenant l'enfant, continuait de pousser plus avant, élargissant de plus en plus l'entrée du joli réduit.

Lucette geignait, crispant ses ongles sur les épaules nues de l'homme qui la défonçait.

Soudain, elle jeta un grand cri. Archibald resserra son étreinte et entra sa queue d'un seul coup jusqu'au fond de la fente martyrisée.

– Ah ! mon Dieu !... maman ! maman ! vous me déchirez... oh !... oh !... tu me déchires... tu me perces... Ah ! tu pousses encore... c'est au fond !...

Sans s'inquiéter de Lucette, qui pleurait, Archibald la baisait à grands coups, sortant sa queue, l'introduisant pour forcer définitivement la tendre route de la joie.

Petit à petit, Lulu s'habituait. La douleur aiguë s'était calmée et, maintenant, le frottement de la queue agissait sur ses sens, en

frôlant à chaque plongée son clitoris subitement raidi.

– Oui, oui ! Oui ! mon chéri... je suis ta petite femme... et toi... tu... es... oh ! mon petit mari... mon chéri... mon amant !

Elle bégayait des phrases hachées, entrecoupées par les mouvements brusques du coït et, soudain, saisie par les ondes puissantes de la volupté, elle cria :

– Oh ! je te sens... je te sens... tu jouis dans moi... dans mon petit ventre... ça coule... je jouis... je jouis !

Elle resta un moment raidie sous l'empire de la félicité paradisiaque ; elle était si pâle, si transfigurée par le grand frisson, qu'elle était toute semblable à une petite morte.

Archibald s'était levé et, avec une douce éponge, il lavait soigneusement la chair légèrement ensanglantée de la fillette qu'il venait de dévirginiser.

Quelques minutes, se laissant aller à cette charmante lassitude qui suit le spasme, ils se reposèrent.

Lucette, amoureuse, faisait de ses deux bras un gracieux collier à son amant.

– Montre-moi tout ce qu'on fait quand on aime bien !...

Archibald se coucha à ses pieds, sans répondre, et lui fit minette, simplement pour exciter Lulu, ne prolongeant pas la caresse de sa langue experte.

– Tourne-toi, ma Lulu chérie !

Elle obéit, sachant ce qu'il voulait. Et, se rappelant la posture qu'avait prise sa mère quand elle était avec Monsieur de Boëme, Lucette se mit bravement à quatre pattes sur le lit.

Baissant la tête sur ses coudes, creusant les reins, elle offrait, dans la plus indécente des postures amoureuses, les doubles joues de sa croupe, révélant les deux orifices voisins de la volupté charnelle.

Archibald, devant ce tableau plus que suggestif, sentit sa queue se raidir. Il la dirigea vers le trou du cul, pour consommer l'enculage.

La première atteinte du gland sur la petite porte fit crier Lucette.

– Graisse-le... sans cela ça n'entrera pas bien et tu me feras mal ! dit-elle.

Il obéit, prit la savonnette, la mouilla et la fit mousser entre les fesses de Lucette.

Avec son doigt il assouplissait le sphincter, qui se prêtait admirablement à cette pénétration, car Lucette, ayant l'habitude

de se fourrer les doigts ou des bougies dans le derrière, avait déjà dilaté le passage.

– Essaye, maintenant !

Il se remit en position entre les cuisses et, sans effort, poussant sa queue dans le cul potelé, il pénétra doucement, glissant bien, comme aspiré par cette petite bouche mignonne qui semblait lui sucer la pine.

La voie n'offrant aucune résistance, il put besogner à son aise ; son piston jouait dans la gaine chaude et veloutée, serré à sa base par les contractions du sphincter.

Au bout d'une dizaine de coups de reins, il déchargea et envoya, en guise de clystère, à la mignonne Lulu, deux ou trois bons jets de sperme brûlant.

Il resta un moment sans déculer, reposé sur les reins et les fesses de la jeune fille.

Quand il retira son arme de l'étui où elle était plongée, elle sortit, jaillissant naturellement, avec un bruit de bouteille qu'on débouche, si l'on veut bien nous pardonner la comparaison.

– J'aime cela, dit Lulu. Tu me le feras souvent par là ; ça fait moins mal que devant, et puis, pas de danger d'attraper un baby !

Elle souriait, heureuse de montrer

qu'elle savait comment l'on fait les enfants.

Archibald l'embrassa ; puis, s'allongea à côté d'elle, pour se reposer.

Mais, ce n'était pas pour faire le bonheur de Lucette, qui n'avait pas déchargé tandis que son amant l'enculait.

Elle s'agenouilla à côté d'Archibald et, pelotant la queue, patinant les couilles dodues et gonflées, elle lui fit mille agaceries.

Un moment, elle fit mine d'embrasser la queue demi-molle.

Archibald l'encouragea du regard et cette seule idée que la fillette allait lui sucer la verge le fit bander instantanément.

– Mais oui..., fit-il, lèche-là comme je te fis mimi ; puis, tu le suceras... tout doucement, en l'enfonçant le plus que tu pourras dans la bouche !

– Je n'ose pas ! dit Lulu, honteuse.

– Mais, si, essaye... Je t'ai bien léché par devant et par derrière ; il faut que tu me le fasses aussi !

– Par derrière aussi ? interrogea Lulu.

– Oui, mon amour ; tu y prendras goût.

– Vrai, ce qu'il faut en faire pour t'être agréable !

Et, ce disant, elle emboucha bravement la pine, tendue et palpitante, prête à cracher encore dans un spasme de félicité.

Archibald tendait le ventre, se laissant aller au doux plaisir.

Qu'elle était divine ainsi, la petite Lulu, avec sa bouche mignarde avancée en une moue charmante pour sucer le gros sucre de pomme !

Tout en enfonçant la pine, elle regardait son amant et, très excitée par la volupté qui se peignait sur les traits un peu tirés de sir Archibald, elle suça plus vite, comme si elle eût voulu avaler le gros bâton de chair blanche et rose.

Le résultat ne tarda pas à se manifester et Lucette reçut en pleine bouche quatre ou cinq gorgées de sperme, que dans sa surprise, elle avala, incontinent.

Sur le lit défait, Archibald se tordait dans une jouissance qui tenait du délire.

Un moment, il fut étendu sur le ventre, les reins soulevés, les fesses frémissantes.

Lucette prit alors son parti ; elle écarta les fesses musclées de l'homme, découvrant l'anus entouré de poils frisés et, sans répugnance, lécha la muqueuse et introduisit le chiffon rose de sa langue dans le trou

du cul, qu'elle trouvait très large et très facile à pénétrer, car sir Archibald s'était, maintes fois, fait enculer.

Ainsi, de cette caresse, ils reprirent des forces nouvelles ; leurs bouches s'unirent dans un long baiser et, de nouveau, il baisa Lucette dont le chat bien ouvert ne souffrit nullement de ce fougueux assaut.

Ils s'endormirent dans les bras l'un de l'autre, vidés jusqu'aux moelles, sans se soucier d'être surpris par Miss Ketty ou Alice.

Après deux heures de sommeil, Lucette se leva, se vêtit et fila dans sa chambre, pour procéder à des ablutions intimes.

Le soir, quand Miss Ketty vint l'embrasser et voulut lui faire mimi, comme à l'ordinaire, Lulu refusa :

– Non ; pas aujourd'hui... laisse, je suis fatiguée !

CHAPITRE SEPTIÈME

L'orgie au château. Un nouvel hôte. Retour de Madame de Mustelle. Maurice et sir Archibald

Lucette, dépucelée par devant et par derrière, ses vices ne connurent plus de retenue.

Elle était d'une complaisance amoureuse extrême et sir Archibald pouvait se féliciter d'avoir fait la conquête d'un aussi joli jouet d'amour. Jouet docile au-delà de toute expression, elle se pliait à toutes les fantaisies de sir Archibald.

Celui-ci, comme il est aisé de le comprendre, était positivement aux anges.

Le hasard le comblait en lui faisant rencontrer sur sa route une petite fille adorablement jolie, sachant allier les grâces de la jeunesse pudique aux postures des plus éhontées courtisanes.

Il se disait avec raison qu'une telle

aubaine était chose rare et qu'il ne trouverait pas de sitôt l'occasion de satisfaire ses vices.

Tous les jours, l'absence de Madame de Mustelle lui donnait carte blanche. Il allait retrouver la jeune Lucette dans sa chambre et c'était de folles parties d'amour.

La fillette, devenue femme, se laissait aller sans réserve au plaisir.

Sir Archibald la satisfaisait sensuellement au-delà de ses désirs.

Sa vigueur amoureuse était étonnante.

C'est ainsi qu'un après-midi, il baisa Lucette quatre fois et l'encula cinq fois.

Le jeu pervers de l'enculage plaisait fort à la mignonne, dont le derrière complaisant et bien élargi se prêtait sans douleur à la pénétration de la grosse pine du bel Anglais.

Lucette préférait ces caresses robustes aux blandices dont les femmes l'avaient énervée jusqu'alors.

Ses amies et ses bonnes lui avaient tant fait minette qu'elle n'éprouvait plus le désir de jouir de cette façon. Cependant, sir Archibald ne la ménageait pas ; il tournait et retournait ce joli corps de fillette déjà jeune fille, pointant sa langue dans les pro-

fondeurs chaudes de cet adorable petit corps merveilleux.

Personne ne s'ennuyait donc au château de Mustelle. Lucette avec Archibald ; Alice, Ketty et Firmin ; Marcelle, qui était devenue la gougnotte attitrée de la grande Raymonde, tout le monde sacrifiait aux plaisirs de la chair, soit dans les chambres, soit dans les bosquets, soit dans les cabinets, comme le firent un jour Marcelle et Raymonde.

La grande brune, qui venait de sacrifier aux exigences de la nature, était penchée en avant sur le siège des cabinets.

Elle tendait ses fesses écartées à Marcelle, qui s'occupait de la torcher proprement avec la jolie lavette de sa langue rose.

Ketty, qui entrait en ce moment – les imprudentes avaient oublié de fermer la porte –, ne perdit rien de la scène. Comme elle avait rendu, maintes fois, le même service à la femme de chambre Alice, elle ne fut pas surprise de voir la petite Marcelle prendre goût à un jeu aussi dégoûtant.

Sans dire un mot, elle ferma la porte au verrou et, se tournant, elle s'assit sur le siège, devant les fillettes ébahies.

Elle fit une jolie pétarade ; puis, se rele-

vant, elle prit la posture de la grande Raymonde et tendit à Marcelle ses fesses roses et potelées.

La gamine n'avait qu'à s'exécuter. Elle le comprit ; elle écarta les fesses à pleines mains et lécha le trou mignon barbouillé de pâte brune.

L'odeur forte qui se dégageait de l'orifice barbouillé excitait la gamine au plus haut point ; de feuilles de rose en feuilles de rose, le jeu finit par des minettes réciproques, auxquelles la grande Raymonde ne dédaigna pas de prendre part.

Désormais, une gougnotte de plus rentrait dans l'association et c'était Mademoiselle Raymonde Deloy, fille du notaire de Madame de Mustelle.

Sur ces événements, un télégramme de Paris vint annoncer aux hôtes du château que Madame de Mustelle rentrait avec un nouvel invité.

Le valet de chambre Firmin fut délégué à la gare pour prendre les malles du nouvel arrivant, qui venait par la route, avec l'auto de Monsieur de Boëme.

Toutes les jolies filles qui habitaient le château, Lucette en tête, guettaient avec curiosité la venue de ce nouveau Monsieur, un loup nouveau dans la bergerie.

L'auto stoppa en trépidant, devant le perron. Madame de Mustelle, plus jolie et plus évaporée que jamais, descendit la première ; puis, Monsieur de Boëme, impeccable comme le dernier dandy, et, enfin, un jeune homme chic, efféminé, dont l'allure provocante, gracieuse et féline, indiquait suffisamment les tendances sodomites.

– Ah ! Quel plaisir !

– Bonjour, Lulu, Marcelle.

– Entrez, Monsieur... enchantée !

– Avez-vous été sages ?... Ah ! Lucette, Marcelle, je vous présente Monsieur Maurice Liane, un compositeur de talent.

– Mes filles... Croyez-vous ; cela vous vieillit !

– Oh ! chère maman, peut-on dire... vos sœurs ?

Parmi tous ces papotages d'arrivée, Lucette lorgnait le beau jeune homme et, déjà, elle se promettait *in petto* : « Il est joli, ce garçon ; il est maquillé comme une fille. Dieu que ce serait amusant de faire l'amour avec lui. Il n'a sûrement pas plus de 17 ans. Je vais essayer de le souffler à maman, car c'est sûrement un de ses nouveaux amants qu'elle nous ramène là. »

Lucette ne se trompait pas et sa psychologie n'était pas en défaut.

C'était, en effet, un nouvel amant, que Madame de Mustelle avait enlevé à l'affection d'un homme de lettres célèbre pour ses amours et ses mœurs homosexuelles.

Le piquant de cette aventure, le ragoût pimenté que la patricienne trouvait à coucher avec ce jeune homme qui servait de femme aux hommes, l'avait décidée à emmener Maurice Liane en Touraine.

Cette jeune tapette était, d'ailleurs, un musicien de talent, avec dans son art un reflet exquis de cette sensibilité trop aiguë qui lui donnait l'allure et les mœurs d'une femme vicieuse à l'excès.

Au bout de trois jours, le jeune homme était acclimaté avec les habitudes du château.

« Chouette ! dit-il. Je ne vais pas m'embêter ici. Toutes les femmes ont l'air de me faire de l'œil ; mais, celle que je préfère est encore la petite Lucette. Vraiment, une partie à trois, avec sir Archibald, ne serait pas pour me déplaire. »

De son côté, sir Archibald, dont nous avons dit les goûts sodomites, lorgnait d'un œil d'envie le bel éphèbe blond.

« Si Lucette marchait, je lui ferais donner un rendez-vous à ce jeune homme, pensait-il ; et puis, au bon moment, j'interviendrais et je ferais passer le joli galant sous mes fourches... caudales, si je puis m'exprimer ainsi. »

Lucette se contentait de désirer ardemment l'amour avec le beau Maurice.

Un jour que sir Archibald était en train de l'enculer – cela se passait dans un petit bosquet et Lucette, à quatre pattes, se prêtait aux fantaisies d'Archibald –, celui-ci lui dit :

– Sais-tu à qui je voudrais faire ce que je te fais ?

– Oh ! méchant, gémit Lucette, en serrant les fesses pour se dégager.

– Ce n'est pas te tromper, continua Archibald, en poussant davantage son piston dans le joli cul, je voudrais fourrer ça dans le derrière de Maurice.

– Oh ! c'est vrai ? dit Lucette, excitée à cette idée.

– Oui, ma chérie... oh ! ça serait bon... et puis, toi...

Il n'acheva pas, la jouissance le saisissait et, avant de pouvoir terminer sa phrase, il lança sa décharge dans le derrière de Lulu toute frémissante.

Cette pensée avait excitée la jeune fille au plus haut point.

Dès que sir Archibald fut revenu de ce frisson que Brantome appelle la petite mort, elle pointa son joli nez curieux et lui demanda :

– Vous auriez voulu faire *ça* à Maurice... est-ce possible ?

– Mais, ma mignonne, est-ce qu'il n'a pas un derrière comme toi ?

– Oui... mais, croyez-vous qu'il voudra ?

– Je le crois, ma minette ; mais, pour cela, il faut que tu m'aides à jouer une petite comédie qui n'est pas compliquée. Voici, c'est donc très simple, tu vas te laisser courtiser par Maurice...

– Ce n'est pas difficile, interrompit Lucette en riant ; il est toujours fourré dans mes jupes.

– Bon ; tu lui donneras rendez-vous et là tu te prêteras à tous ses désirs. Donne-lui ce rendez-vous dans ta chambre, un après-midi propice. Je serai caché derrière le grand rideau et, quand il sera bien en train de faire l'amour avec toi, je me montrerai. Je jouerai au besoin l'indignation, menaçant de tout révéler à Madame de Mustelle... à moins qu'il ne veuille consentir à

mes désirs, tu verras qu'il ne demandera pas mieux.

L'esprit perverti de Lucette s'excitait à la description de ce scénario érotique ; elle était enchantée d'être la complice de cette petite comédie et elle était très impatiente de voir ce spectacle, inédit pour elle, un homme en enculant un autre et faisant des cochonneries avec lui.

Elle promit donc avec joie tout ce que lui demanda son amant, et tous deux se séparèrent pour rejoindre la société au billard.

***

Huit jours après ce petit complot, l'affaire était faite.

Le flirt de Lucette de Mustelle avec Maurice Liane, avait marché comme sur des roulettes et après toute une série charmante de baisers furtifs, d'attouchements précieux, la roublarde et jolie vicieuse avait donné un rendez-vous dans sa chambre.

Sir Archibald, comme bien on pense, qui depuis ces huit jours vivait dans un état d'excitation dont le troufignon de Lucette se ressentait, était à son poste, bien dissimulé par la lourde draperie.

Dans la chambre, Lucette entra la première.

Elle se déshabilla avec toute sorte de gestes mignards et ne garda sur elle que sa chemise finement ajourée et ses bas de soie blanche, qui faisaient valoir délicatement la roseur divine de ses cuisses et de son corps aperçus sous la transparence de la batiste.

« Quelle est mignonne ! » pensait sir Archibald qui se retenait à quatre pour ne pas se branler.

Un coup discret frappé à la porte et l'amoureux entra, bel éphèbe, gentil à croquer dans son pyjama de soie crème à brandebourgs mauves.

– Oh, Lulu !

Les deux petits amants s'embrassèrent, formant un groupe de fraîcheur délicieuse.

Se bécotant, Maurice avait pris Lulu sur ses genoux, ils se disaient des mots d'amour adorables, tandis que leurs mains s'égaraient réciproquement vers les trésors secrets de leur sexualité.

Lucette avait sorti la pine de Maurice, une jolie pine ni trop grosse ni trop mince, avec une belle tête rose, du rose délicat des lèvres de Lucette.

Maurice desserrant les cuisses de son amoureuse, la branlait savamment et déjà la mignonne se pâmait crispant sa menotte sur la belle pine qui allait la pénétrer, partout où elle le voudrait.

– Viens, viens mon chéri, mon amour !

Lucette bégayait, déjà affolée par la volupté et elle entraînait avec elle Maurice vers le lit.

Elle s'étala sur le dos et tout de suite ouvrit largement les cuisses, dévoilant dans toute sa mignardise ce mignon « sadinet » sa jolie moniche gonflée, charnue et déjà lubrifiée par la volupté qui bouillait dans ses reins souples.

Maurice de son côté avait baissé la culotte de son pyjama et il dévoilait aux yeux de l'indiscret la ligne gracieuse de son dos, ses fesses blanches et bombées, presque des fesses de femme, profondément fendues par une raie brune absolument épilée.

L'aimable cachette qu'était la rose d'amour de Lucette s'offrait bien ouverte à l'arme qui devait la pénétrer.

Maurice se plaça entre les cuisses fuselées de la gamine et d'un coup de reins habile il l'enconna, cependant que ses mains empoi-

gnaient les fesses, et que son doigt farfouillait dans la raie l'adorable petit troufignon de la jouvencelle.

Lucette, heureuse d'être possédée par le gentil garçon, jouait du cul comme une courtisane experte, car maintenant elle savait faire l'amour.

Les ondes du plaisir la faisaient frissonner toute de la nuque au talon, déjà ses yeux s'embuaient des douces larmes de la volupté, déjà des sanglots de joie roulaient dans sa gorge, quand le rideau du cabinet de toilette s'ouvrit et sir Archibald fit une entrée de 4e acte, surprenant les deux gentils coupables dans leur attitude lubrique.

– Eh bien voilà du joli !

Son regard vicieux et concupiscent démentait la sévérité de sa voix.

Lucette qui était complice dans cette comédie, retenait son amant contre elle, le serrant dans ses bras et dans ses cuisses pour l'empêcher de dégager son arme de la tendre cachette où elle était plongée.

Maurice un peu effaré, mais nonchalant de ce qu'il montrait, laissait voir ces fesses exposées en plein à sir Archibald ; on pouvait même apercevoir dans la raie brune le trou brun et assez large de son derrière de tapette.

La scène comportait plus des actes et des gestes que des mots.

Sir Archibald le comprit, il vit un consentement dans l'attitude obscène du jouvenceau qui lui offrait son cul, aussi sans plus tarder il se jeta à genoux et couvrit de baisers passionnés le joli postérieur masculin.

Alors, si l'on peut dire, la glace fut définitivement rompue et ce fut une superbe partie à trois que la présence de la petite tapette augmentait d'un régal épicé.

Archibald avait largement ouvert les fesses de Maurice et maintenant il donnait libre cours à sa passion en léchant et en enfonçant sa langue dans la rosette anale que des coïts fréquents avaient largement ouverte.

Les bagatelles de la porte ayant excité le gentil Maurice, celui-ci se remit à besogner Lucette, qu'il n'avait pas cessé d'enconner.

Quand Archibald vit le coup de reins et entendit les soupirs d'amour, il se dévêtit en un tour de main.

Enjambant le corps de Maurice, toujours allongé sur sa Lulu, il dirigea son arme sur le trou du cul, que les caresses de sa langue avaient suffisamment assoupli pour en rendre la pénétration facile. Ce fut déli-

cieux ; sa pine glissait dans le doux réduit de Sodome, s'enfonçant jusqu'à la racine, les fesses de Maurice touchant les poils de son ventre.

Ce fut Lucette qui, par ses coups de reins, donna la mesure et les trois jouisseurs partirent ensemble pour le bon voyage à Cythère.

Lucette la première fit entendre sa voix, en gémissant de plaisir ; puis, Maurice lui déchargea dans sa mignonne vulvette, tandis qu'Archibald lâchait de longs jets de sperme chaud dans le trou de balle de son Ganymède.

Le spasme fut si aigu et le bonheur de nos trois amoureux si parfait qu'ils restèrent cinq minutes allongés l'un sur l'autre.

Puis, Archibald décula ; Maurice sortit sa queue du chat de Lucette et les deux hommes se prirent à se bécoter et à se peloter devant la jeune fille, qui les regardait.

Du derrière de Maurice le sperme d'Archibald coulait. Lucette s'agenouilla, enfouissant son nez mutin entre les fesses du jeune homme, collant sa bouche rose comme une ventouse contre l'anus, qui laissait échapper la forte et abondante jouissance de l'Anglais.

A cette caresse, Maurice se remit à bander ; en deux ou trois soubresauts, sa pine se gonfla et sir Archibald l'embouchant, tailla une superbe plume à son giton.

De son côté, Lucette ne restait pas inactive ; elle introduisit dans sa bouche la queue de sir Archibald, la suçant avec amour, presque avec dévotion.

Le résultat de ces mignonnes caresses fut une double éjaculation de la part des deux hommes, Maurice dans la bouche d'Archibald et Archibald dans la bouche de Lucette.

La fatigue cernait les yeux des trois amoureux ; il fallut se séparer. Après maints baisers, on se promit de se revoir le lendemain.

***

Le lendemain, la scène de la veille fut recommencée ; mais, cette fois, la partie fut carrée.

Miss Ketty, prévenue par Lucette, n'avait pas demandé mieux que de se joindre au gentil trio.

Après une belle enculade de Maurice par Archibald, les femmes prêtèrent leurs

fesses aux messieurs. Lucette fut enculée par Maurice et Ketty par Archibald ; puis, Maurice sodomisa sir Archibald, tandis que Lucette lui enfonçait une bougie dans le derrière et que Ketty suçait la grosse queue de l'Anglais profondément enculé.

Des gâteaux et des vins réparèrent les forces des quatre vaillants jouteurs ; puis, l'on sacrifia enfin sur l'autel de l'amour normal.

Archibald fit minette et baisa Lucette, tandis que Maurice rendait les mêmes services à Ketty.

Ainsi, chaque fois que les circonstances les favorisaient, le quator se réunissait pour faire l'amour.

Maurice, d'ailleurs, ne chômait pas ; maintenant, outre Lucette, Ketty et Archibald, il devait contenter Madame de Mustelle, qui se livrait de toutes les manières au jeune efféminé.

Munie d'un god-miché – elle connaissait les goûts de Maurice –, elle l'enculait, lui enfonçant le vil outil dans le derrière et lui lâchait dans le fondement de copieuses décharges de lait chaud.

C'était un plaisir sans nom pour Maurice d'être enculé par cette jolie dame ; aussi, lui

rendait-il la pareille sans compter, poussant sa queue dans le gros et noble derrière que Monsieur de Boëme avait eu le bonheur de posséder pour la première fois.

Ainsi, les vacances s'écoulèrent dans une orgie sans fin, les jours s'écoulant trop vite au gré de tous les hôtes du château de Mustelle.

CONCLUSION

Les vacances finissent. Tout s'arrange.
Coup d'œil sur la suite des événements.

Les vacances finissaient et chacun s'apprêtait pour le départ. Le vieux château se poétisait de la mélancolie des adieux.

Lucette s'était fait baiser et enculer une dizaine de fois par sir Archibald ; elle aimait de toute sa chair plus qu'avec son cœur l'homme qui l'avait eue le premier.

Aussi, quand l'Anglais, cérémonieux et correct, vint lui baiser la main, eut-elle besoin de toute sa volonté de petite mondaine pour ne pas laisser échapper une larme qui roulait dans ses longs cils.

Archibald partait en mission dans les Indes anglaises ; il serait très longtemps avant de revenir... Que deviendrait-elle, sans son « mari chéri », comme elle l'appelait.

Le cœur gros, elle rentra à Paris. Puis, les jours et les mois passèrent.

L'amour de ses gougnottes, Alice et Ketty, lui fit oublier sir Archibald.

A quinze ans, c'était un beau brin de fille, que les caresses passionnées de Ketty ne satisfaisaient pas. Elle rêvait d'amour plus solide, de pines fermes et solides pénétrant dans son corps.

Un jour qu'elle traversait l'office, elle remarqua, pour la première fois, que Firmin était beau garçon.

– Tiens ! tiens ! pensa-t-elle, ça ne serait, peut-être, pas désagréable... Seulement, il y a ces fâcheuses conséquences. Bah ! j'en serai quitte pour le recevoir par derrière ; de ce côté-là, rien à craindre, c'est aussi hygiénique qu'un lavement.

Ayant résolu de se livrer à Firmin, elle l'aguicha, se fit langoureuse, chatte, toute la lyre de la séduction.

Firmin marcha.

La première fois, ce fut dans un cabinet noir, au hasard d'une rencontre. Elle lui saisit la queue et l'attira dans l'ombre.

Pendant qu'il lui troussait les jupes, elle se plia en avant. Il crut qu'elle voulait se donner en levrette ; mais sa stupéfaction

fut sans égale quand il sentit la main fine de Lucette diriger son arme vers le trou le plus étroit de sa jolie personne.

– Puisqu'elle veut l'enculade, allons-y ! pensa-t-il.

Il pointa sans précaution ; mais Lucette, qui était accoutumée à ce jeu, le reçut facilement.

Plusieurs fois, il la posséda ainsi : une fois, sur un canapé ; une fois, dans les cabinets ; une fois, dans la cuisine, devant Alice, qui faisait le guet.

Pendant ce temps, Madame de Mustelle, qui ne s'apercevait de rien, allait vers de nouveaux plaisirs.

Elle avait plaqué Monsieur de Boëme, pour un jeune cabot louche, joli et trop efféminé, qu'elle entretenait en compagnie d'un gros banquier, car le jeune homme, à l'instar de Cœsar, était l'amant des femmes et la femme des maris.

Avec Madame de Mustelle, il courait les endroits de volupté où l'amour prend, quelquefois, les formes les plus étranges.

Marcelle, qui devenait de plus en plus charmante, était la gousse favorite de l'Anglaise.

Celle-ci ne se lassait pas de manger le chat et le cul de son élève.

Elles s'amusaient entre elles des journées entières, en compagnie d'Alice et de Lucette, qui ne dédaignaient pas de les accompagner dans leur jouissance.

Ainsi, le vice, grand maître du monde, le vice aimable, élégant et discret, régnait en maître dans l'hôtel de Madame de Mustelle.

Chacun, selon son tempérament, concourait à l'œuvre de chair se déversant sur les autels toujours vainqueurs de la Vénus Pandœmia et de la Vénus callipyge et, par ainsi, arrivant, en dépit des ronchons et des puristes, à la plus grande joie humaine.

Comme les peuples heureux n'ont pas d'histoire, celle de Lucette s'arrête ici. Peut-être, raconterons-nous un jour comment elle se maria, en accompagnant sa mère dans les lieux de débauche de la Riviera italienne.

FIN

TABLE DES MATIÈRES

ACHEVÉ D'IMPRIMER LE 24 OCTOBRE 1990
SUR LES PRESSES DE L'IMPRIMERIE HÉRISSEY
POUR LE COMPTE DE FRANCE LOISIRS
123, BOULEVARD DE GRENELLE, PARIS

Imprimé en France

Dépôt légal : octobre 1990
N° d'imprimeur : 52889 – N° d'éditeur : 19682